渡る世間で鬼退治

WATARUSEKENde
ONITAIJI

KasiKUra 晃司
Koji KasiKUra

文芸社

目次

プロローグ

天平《あまひら》サトシは、音を立てないようにそっと扉を閉めた。

四階建てのビル。

忍者のごとく忍び足、息を殺し、心を静め、自分という存在を大気に溶け込ませるようなイメージでその先へと急ぐ。

白をベースとした真新しい上下セットのジャージ姿。新素材で非常に軽く、履き心地のいいシューズ。どちらもお気に入りのメーカーで、シャープなデザインロゴが入ったものだ。

それは、今日から日課として始めたランニングのために新調したもので、このようなことは想定外。偶然にもこの現場を通りかかった、ただそれだけ……のはずだった。

『そんなことをしても何にもならないぞ。自ら命を絶ったって何も解決しないんだ。あの世でさらに苦しむだけだぞ』

聞き覚えのある声だ。それが都会の真ん中、ビルの壁に反響していた。ランニング中、偶然にもそこを通りかかり、それに興味を覚えてしまったのが運の尽き。野次馬の海をかき分け、サトシは最前列へと躍り出た。

黒スーツの上に茶色のコートを羽織る中年のおっさん、いや私服警官が拡声器を使って面積の狭い上空へ呼びかけていた。近くにはパトカーが二台に制服警官が四人ほどいる。後ろにはギャラリー、要するに野次馬が無数に取り囲みザワザワと上を見上げていた。

上に抜けていくその声のほうを見ると、ビルの屋上に誰かが立ち尽くしている。どうやら高校生くらいの若い女性のようだ。

サトシは〝とっつぁん〟と思わずその刑事に声をかけてしまった。

その刑事は、山谷勇司《やまたにゆうじ》という名前で、サトシの元上司。元刑事だったサトシは、当時から山谷刑事のことを〝とっつぁん〟と呼んでいた。屋上に向け説得を続けていた声は途切れ、山谷刑事が振り返った。

声をかけたこと、今思えばやめておけばよかったと後悔している。

〝元〟上司の命令。

あろうことか、今現在いち民間人であるサトシに、屋上で騒ぎの花を咲かせている人物の保護を頼んできたのであった。

このおっさんはいつもそうだ。

少しこじれた事件があるたびに、捜査協力と称してサトシを頼りにやってくる。

探偵稼業――いや、バウンティハンター（いわゆる賞金稼ぎ）と呼ぶほうがおそらくしっくりとくるだろう。そんな職業でご飯を食べているサトシにとって、持ちつ持たれつといったところなのだろうが……だからこそ元上司の命令に断固拒否という態度がとれない。

　ターゲットに気づかれてはいけないこの状況で、そんなことを考えているとため息が漏れそうになる。

　集中集中、と改めてサトシは頭を空にして任務遂行に意識を向けた。

『バカなことを考えるのはやめて、そこから降りてきなさい。みんな悲しむぞ』

「バカなことって何なのよ。ここから飛び降りて何がいけないっていうの。みんなって誰なの？　アタシに、アタシのために涙を流す人なんていない、いないのよ」

　拡声器で説得を続ける山谷刑事の声に彼女がそう答えた。

　説得に気を向けておく、それも作戦のうちだ。

　彼女は、安全のために設けられた柵を越え、それを後ろ手に握り、下をのぞき込んでいる。サトシは様子をうかがいながら、ターゲットにこっそりと近づいていく。

『そんなことはない。学校の友達、お母さんお父さん……』

「あなたに何がわかるっていうの？　お父さんはいないし、お母さんはアタシのことなんて眼中にないのよ。誰もアタシのことを理解できる人なんていない。この世に、この時代にアタシが生きる価値なんてないのよ。アタシはいつも独りぼっち、孤独なの」

『よし、おじさんが理解者になってあげよう。なんでも相談してくれ、な。だから

――』

「ウソよ、そうやって大人たちはきれいごとを並べてアタシを拒絶する。アタシを孤独に追いやる、そんな社会を大人たちは作ってきたのよ」

『だからって、そこから飛び降りて何になるっていうんだ』

「安心して、アタシがいなくなっても、世界は何事もなかったかのように回り続けるから」

「なにを……わかったような口を」

サトシは、無意識に小声でそう口走っていた。その瞬間、彼女がサトシのほうを振り返った。サトシはしまった！　と思った。彼女のもとまでの距離、大股で三歩ほどある。柵の向こうの足場は、彼女の足のサイズでもはみ出している。

サトシの出現に驚いた彼女は、心もとない足場でバランスを崩してしまった。彼女の左手は柵を握っているが、右半身が宙に浮き、次第に地面に引き寄せられ始めた。左足もかかとが重力の影響を受け始めている。全身が空中に放り出されるのも時間の問題だ。

しまった、と思うのと同時にサトシは手を伸ばし、任務遂行に努めた。

まだ生きることをあきらめてはいない、いや本当は生きたいという意思を示している彼女の左手をサトシは必死でつかみにかかった。

彼女の全身が重力の餌食になる寸前、サトシは彼女の左腕をグイッと引き、柵越しに彼女を抱き寄せた。

野次馬どもが〝ウオォー〟だの〝ワァー〟だのとざわめいた。

『おぉぉ。よしサトシ、よくやった。保護に行けぇぇ、走れぇ、突撃ぃぃっ！』

山谷刑事は、拡声器越しに制服警官たちに屋上へ向かうよう命令した。

「まったく、突撃って乱暴だし、それに拡声器を使って命令しなくても。ハァ、キミこっち来い」

サトシは、ギュッと抱きしめている彼女にそう言った。

「何なのアナタ。警察の人？　何でもいいわ、早く放して、アタシはここから飛び降りて死ぬの、そういう運命なのよ」

そう言って、彼女はサトシの呪縛をふりほどこうと抵抗した。

「バァカ、すぐにでも死ぬっていう覚悟があるならな、落ちそうになったとき、左手で柵を握ったままにしないだろ。つまり、本心は死ぬなんてアホなことは考えてないってことだ。ほら、素直になってこっち来い、な。素直にならないとかわいくなれないぞ」

「気持ち悪い、気持ち悪いから放して、オジサン」

「気持ち悪いってなんだよ、せっかく落ちないようにしてやってるのに。それにオレはまだ二十七だ、オジサンじゃない」

「だって汗臭いんだもん」

「あぁ、今ランニングの最中だったからな。それは悪い……ってなんでオレが悪いことになってんだよ。もういいから、柵を越えてこっちに来い」

「わかった、もうわかったから、早く放して」

その言葉を聞いたサトシは、彼女の左手だけをつかみ、体を解放してやった。彼女がへその上ほどまでの柵を越え、サトシのそばに立つ。

「フーッ。さて、ちょっとお仕事でもしますか。と言ってもこれじゃボランティアになっちゃうけど、まぁいいや」

サトシは、後頭部をポリポリとかきながらそう言った。

「へ？　何のこと」

「何でもいい。キミの名前、それから年齢と星座、血液型を教えてくれ」

「頬月《ほおづき》アカネ、十六歳、ふたご座のO型よ。それがなんだっていうの？」

彼女は、わけもわからないままサトシの質問にそう答えた。

サトシは、無言のまま右手をアカネの頭の上にそっと乗せた。

「な、なによ？」

戸惑うアカネをよそに、サトシはそのまま目を閉じた。しばしの間、屋上に吹く風の音だけが耳をなでている。そして、サトシは目を開いた。

「うん、鬼はいないようだ。それから、闇とつながりかけているけど、まぁ、このくらいなら問題ないだろ。えっと、ほぅ、そうか、キミはこっち側の人間だったか。アカネといったか、キミは視える人なんだね」

「こっち側の人間？　鬼？　闇？　いったい何のこと言ってるの？」

アカネは次々と繰り出されるわけのわからない言葉に、キョトンとして頭にハテナをいっぱい並べた。

「またぁ、気づいてるくせに。つまり、自分が周りの人間とどこか違うと感じていた、だからそのことで悩んでたんだろ？」

「なによ、アナタに何がわかるっていうの？　そうやってアタシをさげすんで、大人はいつもそう」

キリッとした目つきでアカネはそう言った。

「悪かった、そんなつもりじゃなかったんだが。単刀直入に言うと、幽霊とか何だ、そんな類いのモノが視える人間だろ？」

サトシの一言に、アカネは驚いた様子で訊きかえした。

「どうしてそのことを……うん、小さい頃から視えてた。いろんなことやモノが視えるの」

「そう、素直になればかわいいじゃないか。キミのチカラは強いほうだからな」

「どういうこと？　そういえば、さっき仕事がどうのこうのって言ってたわよね、どういうこと？」

今度は、興味津々といった感じの生き生きとした目でアカネはそう訊いた。

「こういうの説明するのは面倒くさいんだよな。キミの中に鬼はいなかった。まぁ、そういう仕事をしてるのさ」

「答えになってない！」

「うーん、渡る世間で鬼退治、ってね。つまり、そういう職業さ」

「さっぱりわからない！」

サトシとアカネがそんな問答をしているところに、二人の制服警官が屋上の扉を開けた。

遅れて山谷刑事が息を切らせて到着。どうやら階段を全力で駆け上がってきたらしい。

「オッ、来た来た。じゃあ、あとは任せたぜ。オレの役目はここまでだ」

サトシはそう言って、山谷刑事のもとまで歩み寄った。

「ヘェヘェ、おぅぅ、おぅ、任せとけ。ハァハァ、すまない、世話に、ハァ、なった」

山谷刑事は、息も絶え絶えにそう返した。

「とっつぁん、もう歳なんだから無理すんなって。まぁいいや、そんじゃまた」

サトシはすれ違いざま、山谷刑事の肩に手を置いてそう言い残し、その場をあとにした。

「ちょっと、アタシの質問には答えてくれないわけっ？　も〜なんなのよぉ」

アカネの叫び声が、去っていくサトシの背中にかろうじて届いた。そして、長くツヤのあるアカネの黒髪が強いビル風になびいた。サトシは、振り返りもせずランニングを再開した。

第一章　鬼退治の件

いくつかの会社の事務所が入る小さなビルの一室。

二日は剃っていない無精髭。糊の利いていない青いワイシャツ。その一番上のボタンは外され、縞模様のネクタイは緩んでいる。紺色の背広とセットで買ったパンツというでたちで、サトシは仕事用デスクのイスに腰かけ雑誌をめくっている。デスクの上にはノートパソコンが置いてあるが、閉じられたままだ。

壁中にはポスターが貼ってある。それは手配書や情報依頼書であり、それらがベタベタと貼られてあるのだった。指名手配犯から行方不明者の情報提供を呼びかけるためのものである。そのすべてに懸賞金や謝礼金の文字、金額はどれも三ケタ万円以上のものばかりだ。サトシの主な活動はそういうモノを対象としている……つもりだ。

現実は、浮気調査や失せ物捜しなど小さな仕事をコツコツとしている。まぁ、警察という組織が解決できないモノをどうしてサトシ個人が解決できよう。

しかしながら、解決したモノもいくつかある。

ある時は執念で。

警察を辞め、いろいろなところにアンテナを張り、どんな小さな情報もかき集め行方不明者を捜し当てた。

ある時は、偶然。

ある女性からの依頼で、浮気調査のターゲット（対象者）を尾行していた。すると、ターゲットはある指名手配犯と落ち合っていた。そして、逮捕に結びついたのだった。

そして、何を隠そう得意分野であるオカルト捜査である。

サトシは、今の仕事をしていく上での手段の一つとして、オカルトを日夜研究しているのである。超能力はもちろん、幽霊、都市伝説、未確認飛行物体や生物など、あらゆる噂レベルのモノすら情報を寄せ集め分析し、自らも超能力開発を実践しているほどだ。

事務所には、それらの情報源を収める本棚が四つ並んでいる。今までの仕事に関する調査書や関係書類などの資料で埋まっている本棚が一つ。あとは、サトシが十五年前から愛読している有名オカルト雑誌や、日本人著書のオカルトに関する書籍から海外の書籍がジャンルごとに並んでいる。

その横のスペースには棚が設置されていて、水晶玉や開運ピラミッドなど、胡散臭いモノも含めて数々のオカルトグッズが丁寧に配置されていた。

サトシが幼い頃に観たテレビ番組に、超能力で行方不明者の捜索や事件を解決させようというものがあった。国内外問わず霊能者や超能力者を招き、事件解決に結びつけようという趣旨の内容であった。

　残念ながらほとんどの場合、即解決というまでには至ってはいないようだったが。

　サトシは幼いながらに、なぜこの国は超能力捜査をとり入れないのか、と疑問に思っていた。だが、自分には第六感がないと思い込んでいたサトシは、成長するにつれて超能力や霊能力あるいは占いの類いは〝根拠のないモノ〟だと考えていくようになっていた。

　しかし、異次元の世界のできごととでも空想しながら、何気なくオカルト雑誌は毎月愛読していた。周囲は毎週刊行される漫画雑誌の話題で持ちきりなのに対し、サトシは月一のオカルト雑誌の発行日に胸を躍らせていたのである。そんなこんなが、サトシのリアリティとアイデンティティを創造した。

　でも現実は現実。

　将来のことや、なんだかんだで安定を求めたサトシは公務員を志望し、なんとなく警察官の道を選ぼうとしていた。

　そんないつもと変わらない平凡な日常になるはずだったある日、サトシの大切な人の命が奪われた。

　人の手によって、その命は時間を止めた。

　ほんの数十分前まで笑顔で楽しく会話を交わしていた。が、それを最後にサトシの物語でその笑顔はもう見られなくなってしまった。その声を聞けなくなってしまった。

サトシは悲しみと怒り、そしてやるせなさを抱え刑事となる決意をし、実際に警察官となった。

配属されたある警察署の平捜査員、四年間その業務にいそしんだのであった。事件のたびに地味で地道な情報収集を繰り返す。それが大事なのだが……。事件の解決もしくは捜査が打ち切りとなるまで、ほとんど自由はなかったように思う。

さらに、複数の仕事の掛け持ちは日常茶飯事。事件解決へ進展している案件もほかの物事とごちゃ混ぜとなり、進んでいないように感じられることもあった。

過去に進んでいるのか、未来をさかのぼっているのか……。

何がなにやらわけのわからない日々、そんな忘却の中に身を置くように過ごしていた。サトシが心に抱える事件は、いまだに未解決。しかし、あるルートからの情報で、サトシの大切な人の命が奪われた事件は連続殺人であったことがわかった。当時、四人連続で殺害されたらしく、犯人はまだ捕まっていない。

そして、ある一つの殺人事件を担当することになり、それがサトシの運命の歯車を回し始める。

その事件は、背中を数回刺された若い女性の遺体が深夜路上に放置されていた、というものだった。サトシが現場に駆けつけたとき、背中から血を流し死後硬直を始めていた女性はうつ伏せに倒れていた。その遺体の横に、被害者の女性自身が自分の亡骸を見つめ立ち尽くしていた。

サトシは我が目を疑い、何度か自分の目をこすった。幻なのか、それとも悪い夢、はたまた目の錯覚、いや疲れているのだろうか……そんなことが頭の中に浮かんでは消えていった。

だがサトシは、そんな思いを片っ端から滅していった。なぜなら、それは紛れもない現実だったからだ。体感していることを事実とし、その時間に身を置くことが最善の思考法としているからだ。

すると次の瞬間、自身を見つめていた被害者の彼女がサトシの目の前に迫ってきた。彼女は亡骸と同じ服を着ている。足はある。けど、全体が半透明。透けて向こうの景色が同時に見える。いや、目で見ているのではない。物質的に肉眼で見ているのは向こうの景色だけだ。つまり、彼女は俗に言われる幽霊ということになる。

彼女の姿をこの脳に映しているのは、魂。

オカルト雑誌で培ってきた知識が、その理屈を導いていた。サトシの魂と被害者の女性の魂が同調した結果、亡くなった彼女の姿を視ているのだと確信した。

第六感の開花であった。

だが、上司やほかの仲間にはそのことを話さなかった。いや、できなかった。あるいは、その勇気がなかったのかもしれない。サトシは、ほかの仲間に気づかれないように、というより被害者の彼女に導かれるまま単独の初動捜査を済ませた。

その結果、スピード解決に結びついた。犯人は、ほかの犯行も計画していたようで、第二、第三の事件も未然に防ぐことができたのである。

そのことに関してはよかったものの、組織の中では肩身が狭くなってしまった。今回のことは、サトシが個人プレーに走らざるを得ない状況だったとはいえ、上司には怒られるし、同僚には手柄ほしさの行動と思われてしまったのである。

やはり超能力や霊能力捜査などは、この国の組織という枠の中では受け入れられないという思いに至り、サトシはその職を辞したのである。と同時に、幼い日の疑問が一つ腑に落ちた気がした。

その後、個人であらゆる手段を用いて世に貢献していこうと決め、自身の能力開発を本格的に開始したのだった。

今の仕事を立ち上げ三年の月日が流れている。サトシは、自分のペースを保ちながら日々を送っていた。食うに困るときもあるが、それも修行のうちと誤魔化しながらなんとかやっている。

サトシが表も裏も、貧も富も、酸いも甘いも味わう拠点。

〝丑寅《うしとら》探偵事務所〟そういう表札がかけられた扉。

カランコロン、と扉に設置されたベルの音が響いた。サトシは発売したばかりのオカルト雑誌を閉じ、扉のほうに顔を向け、出迎えた。

「はい、いらっしゃい……」

「こんにちは。あっ、いた、オジサン。よっ、元気?」

そう言って入ってきたのは、長いツヤのある黒髪を束ねてポニーテールにした女の子だった。

「あ、依頼ですか、どのようなご用件で？　さ、どうぞこちらへ」

サトシはそう言って、机の前にある応接用のソファへうながした。

「オジサン、アタシのこと憶えてないの？」

「へ？　どこかでお会いしましたかね？」

「それ天然？　それともワザと？　十六歳、ふたご座のO型、頬月アカネです、以後お見知りおきを！」

「アッ！　思い出した。キミは三日前、自殺しようとしてた……なんか雰囲気変わったね、全然わからなかった。恋でもしたのかい？　って、そんなこと言ってる場合じゃない。どうしてここにいるんだ、納得できるよう手短に説明よろしく」

「ツッコミどころ多すぎて、めんどくさいわね……まぁいいわ、今日はアナタを訴えるために来たのよ」

「ふーん。で、どういうこと？」

「だから、アタシを助けるということにこじつけて、アタシを抱きしめたわよね。セクハラよ。そして、ついさっきの発言、恋でもうんぬん、それもセクハラに該当します。よって、アナタを訴えたいと思います！」

「ほー、ウブだなぁ。よし、やれるものならやってみろってんだ、そんなことにビビッててこの仕事が務まるかって」

「ウソよ、ウソ。あのあとね、補導って形で警察に行って、なんだかんだでここにいるのよ」

「ウソか、まぁそれはどうでもいいけど。ん？　いや、説明になってないな。だいたい、あんな騒ぎを起こしたら普通は停学か休学、最低でも自宅謹慎になるんじゃないのか？」

「リアクション薄いわね。そうよ、二週間の停学。ちなみに、山谷刑事さんにここの場所を教えてもらったので、悪しからず」

「なにっ、とっつぁんが？　何やってんだあの人は。はぁ、普通教えるかね、まったく。そんなことより停学中なんだろ、ほらすぐに帰んなさい。自宅で瞑想でもして、これからどう生きていくか深く考えるんだ！」

「アタシに説教ですか。おもしろいですね、オジサン。アタシは、社会見学としてここにしばらくお世話になりたいと思っておりますので、そのつもりで！」

「お世話になるだぁ？　バカなこと言ってるんじゃない、そんなこと誰が決めたんだ？」

「ご心配なく、アタシが決めたことなので」

　そう言いアカネは、黄色いクマのキャラクターの刺繍が入ったリュックをソファに置いた。

「オレは許可した覚えはない」

「うん知ってる……それにしても趣味の悪い事務所ね。吐き気がするわ」

アカネは、その部屋をクルリと見回しそう言った。

「なにっ⁉　ったく。悪ぅございました。無理してここにいることはない、吐き気がするならさっさと出ていってくれ。オレは忙しいんだ」

サトシは少し苛立ちながらデスクに戻り、例のオカルト雑誌をパラパラとめくった。

「うわっ⁉　なにこれ？」

アカネは、オカルトグッズが配置されている棚のほうに歩み寄った。

「両親が心配してるだろ。独身のイケメン探偵のところに出入りして、間違いがあっては大変だしな」

「なぁに、どこにイケメンが？　間違いってどんなこと？」

「そりゃ、あんなことや……」

「変態。やっぱり訴えることにするわ」

「うるせっ、男はみんな変態なんだ」

そんなことには耳も貸さず、アカネはオカルトグッズを物色し始めた。

「これってもしかして、あはは、ウケる。これってさ、雑誌の最後のほうのページとかに載ってるやつよね。これのおかげで宝クジが当たるとか、彼女ができました、とかっていう水晶とか、わけのわからないグッズでしょ？」

「わけのわからないは余計だ」

「こんなの持ってる人、初めて会った。それで、宝クジ当たったことあるの？」

「ない。そもそも宝クジは買わない」

「彼女は？」

「余計なお世話」

「いないんだね、かわいそうに。何年いないの。これ買ってから別れたの？」

「もうかれこれ五年以上いないな。ご利益を求めてそれ買ってみたけど、まったく彼女ができないな、今考えたら……って何言わせるんだよ」

「なんだ、ぜんぜんご利益ないじゃない」

「いいから、早く帰れよ、仕事がはかどらないから」

「仕事してるように見えないんだけど。それに……」

　そう言いながら、アカネはソファに腰をかけた。

「それに、なんだ？　恋の相談ならお断りだ」

「違う、ほかの目的があって来たの。訊きたいことがあるのよ」

「だからなんだ、こっちは忙しいんだ、手短にしてくれ」

「わかった、単刀直入に訊くわ。鬼退治ってどういうこと？　この前はお茶を濁された感じになったけど、今回はキッチリと説明してもらうわよ」

「なんだ、そのことか。そうか、わかった説明しよう。とはいえ、うーん、そうだなぁ、どこから語ったもんかなぁ」

「説明してくれたら帰る。だから教えて」

「ん？　帰ってくれるのか、そうかしかたない、それならちょっとだけ教えてやろう」

だが、サトシはしばらく考え込むように沈黙した。アカネは、じっとサトシの言葉を待った。

「人の心の中には闇がある。感情がその闇を創りだす。特にストレス、イライラした感情や憎しみ嫉妬、小さなモヤモヤとした悩みとか、ネガティブな悪循環の輪の中でやがて闇は心を占領していく。すると、六道輪廻の人間道で生きている我々の心の闇と、ほかの世界がつながってしまうことがある。人が心に抱える闇と異界からのエネルギーが混じり合うことによって、鬼とか魑魅魍魎《ちみもうりょう》など、そういった類いのモノたちへと変化し具現化してしまう。それを退治する仕事が鬼退治ってこと」

サトシが話し終えると、アカネは目を点にして固まっていた。

そのまま二人の間に沈黙の時が流れた。

「ということでわかったね、そういうことだから。さぁ、帰りなさぁい」

アカネのノーリアクションには触れず、サトシはそう言ってうながした。その言葉に、アカネはやっとの思いで我を取り戻した。

「ちょ、ちょっと待ってよ。ぜんぜんわかんないんだけど。っていうか、ぜんぜん説明になってないし、そのこととアナタの仕事とどういう関係があるのよ？」

「現実的な頭で考えるんじゃない、心で感じるんだ。言葉のニュアンスとか、雰囲気とか、大人になるためには必要なスキルだぞ」

「じゃ、じゃあ、あの時アタシの心には闇があったの？」

「あぁ、あったな。ほかの世界ともつながりかけていたようだ。が、それを抑え込もうとするチカラも存在していた。そのほかにもあったようだけどオレにはわからん」

「そのチカラって？」

「こういう場合、家系とか……たとえば、母方のほうのお祖母さんは霊能者だったとか。親族に霊能力が強かった人いないか？」

「お祖母ちゃん！　他人には視えないモノがアタシに視えるのは、きっとお祖母ちゃん譲りなのよ」

「まぁ厳密には、お祖母さんのエネルギーがキミの内に存在しているってこと。こういう場合、そのお祖母さんも思春期の頃、異能力にそうとう悩まされていたってことがよくあるんだが」

「そんな話、聞いたことがないけど、アタシと手をつなぐときは、いつも強く握られて痛かったわ」

「ふーん、そうか。お祖母さんはキミの霊能力に気がついていて、自身のエネルギーをキミに託していたのかもしれないな。ま、わからないけど」

「なるほどね。それでそれで、今どんな仕事を抱えているの？　殺人事件？　失踪事件？　あっ、浮気調査でしょ、興味あるのよね、そういうの」

「キミには関係ないこと。それにそういうのは、テレビの中だけ、現実はもっと地味なの。もういいだろ」

「いや、もうちょっと社会見学。探偵のお仕事を体験、ってね」

「調子のいいことばっかり言って。静かに雑誌を読ませてくれよ。今月の特集は某国の軍事機密と宇宙人との関係だぞ、こんな興味深い記事、じっくり読みたいじゃないか」

「要するに、ないのね。ヒマなのね。仕事が、依頼が来ない。あ、今、閑古鳥が鳴いたわ」

「冗談も休み休み言えっての……ところで、あんな騒動を起こした本当の理由はなんだ？」

「どうしたの急に？　アタシに興味を持ってくれたの？」

「ちょっと腑に落ちないことがな。まぁ、キミの闇の正体を知りたくなったたってところか」

「アタシにもよくわからないけど。小学校に入る前にお父さんが事故で死んで、お母さんと二人で暮らしてきて。でも、アタシを育てるためにお母さんは夜の水商売で働いて、朝方、疲れきった顔で帰ってくる日々。だいたい、生霊を背負って帰ってくるのよ。信じられないわ」

「キミのお母さんは視えてない、けど憑依体質ってことなんだな。やっぱり家系かな」

「そうかも。アタシはいつもお母さんに、その人誰？　って訊いてた。けど、何バカなこと言ってるのって返されたわ。でもある日、それが生霊だということに気がついたの」

「へぇ、それが生霊だってよくわかったな」

「うん、死んだ人の魂と感じが違ったから。親戚のお葬式に出たときに、そう気づいたの」

「じゃあ、お父さんの葬式のときのことは？」

「憶えてない、記憶にない」

「お父さんの姿、要するに幽霊は？」

「視たことない」

「視たいと思ったことは？」

「ある。でも、夢にも見たことがないわ」

「そうか、わかった」

「なにが？」

「キミはただ自分の存在を証明したかっただけだろ。生きている証明、自分が生きていることを世間にわかってほしかっただけだったんだな。そうだなぁ、例えるなら若気の至りってやつかな」

「そうね、そうかもね」

アカネは、そうつぶやいて何気なく下を向いた。

するとそこへ、何やら妙なモノがアカネの足下を横切っていった。アカネには、かなりのスピードに感じられた。

「えっ、なに?」

アカネは、視界を横切ったモノに反応し思わず声を上げ、無意識にその残像を追った。頭の中に残るそれは、手のひらよりひと回りほど小さく、妙なモノだった。

「おっ、どこに行ってたんだ。なんかおもしろいことでもあったか」

サトシは、机に向かって何やら話しかけている。

「えっ、なに、どうしたの?」

「そうだ、キミにも視えるだろ。紹介するよ、こいつ、ブラウニーっていうんだ」

サトシはそう言って手を差し出し、アカネに向かって何かを紹介した。

「なにそれ、ちっさいおっさん……あっ、聞いたことある。都市伝説とか、最近では芸能人がよく目撃するとかってあれだ! 初めて視た」

サトシの手の上に乗っていたモノ、それは頭が禿げ上がり、分厚いレンズのメガネをかけ、白のランニングシャツに白のステテコ、茶色の腹巻を巻いた小さな人間だった。その容姿は、まるで往年のコメディアンを思わせ、今にもクシャミで爆笑をとらんとする勢いである。

「よかったら、こいつ連れて帰ってもいいぞ。寂しくなくなるはずだ」

ブラウニーは、サトシの手からピョンと飛び降り、机の上でクネクネと不思議な踊りを舞いだした。

「キモカワ、おもしろいわ。でも、これはなんなの？」

「妖精さ。厳密には、エクトプラズムが凝り固まって生まれたんだ」

「エクトプラズムとは？」

「要はエネルギーなんだが、例えるなら魂の老廃物ってとこかな。まぁ、偶然ため息をついたら、その時のエクトプラズムが凝り固まってブラウニーが生まれたんだ」

「老廃物、生みの親、なんかエグイ話になったわね」

「でもオレは、陰陽師の式神とか魔女の使い魔とかは、こういうエクトプラズムで生み出されたものではなかろうか、と考えている」

「そういえば、アナタも小さい頃からそういうモノが視えていたの？」

「いいや、あることがキッカケで視えるように……まぁいろいろとな。だけど、様々な能力を自己開発して、訓練を重ねたんだ。苦労した、まだ開発途中だけど」

「たとえば、どんなこと？」

「気功とか、占いの精度を上げる予知能力の向上とか、ダウジングとか」

「胡散臭いモノばっかりね」

「うるさいよ。自分をコントロールすることが大事なことなんだ」

そんな問答を繰り返しているうちに、ブラウニーは横になり眠ってしまっていた。

「寝顔はかわいいわね」

アカネは、ブラウニーを眺めながらそう言った。

その時、カランコロン、と扉のベルが鳴った。

「サトシ、ちょっとチカラ貸してもらえないか。お前の領分の事件が起きた」

山谷勇司、サトシの元上司が唐突に入ってきた。

「とっつぁん、どうしたんだ急に」

サトシは、素っ頓狂な表情で山谷を見て言った。

「あっ、刑事さん、その節はお世話になりました」

アカネが立ち上がり、お辞儀をした。どうもどうもこれはご丁寧に……、と山谷はアカネにつられてお辞儀で返した。しかし、山谷が顔を上げた瞬間、頭を下げた相手がアカネだと初めて気づいた。

「君はあの時の……何してるんだ、こんなところで」

「社会見学で、しばらくこの探偵事務所で助手としてお世話になることとなりました次第であります。ねぇ、所長？」

「なんか日本語がおかしい。それに所長って、調子がよすぎるぞ」

アカネの問いかけに、サトシがそう答えた。

「社会見学？　そうなのか、サトシ」

「違う、彼女が勝手に言ってるだけだって。オレは、さっきから帰れって言ってるんだけどさぁ……とっつぁんからもなんとか言ってくれよ」

サトシは山谷に助けを求めたが、山谷が口を開く前にアカネが先制攻撃に出た。

「刑事さん、正直に言います。アタシ、学校は停学中で自宅謹慎になりました。だけど、家に閉じこもっていても自分のためにならないと思って、刑事さんに教えてもらったここに社会見学に来ました」

「そうだよ、元々の元凶はとっつぁんじゃないか」

「ん、ま、まぁ、そうだな。しかしなんだ、若いうちから世間を見て、社会を勉強しておくということは悪いことではない。将来のためになればな。サトシ、しっかり世の中のことを教えてあげなさい」

言葉を探しながら、サトシにそう押し付けるように山谷は言った。

「はぁ？　とっつぁん、他人事だと思って無責任な。しかもオレの仕事はちょっと特殊だし、裏稼業をあまり部外者に見られると、なぁ」

「いや、そうなんだが」

サトシに責められている山谷に、アカネが敬礼して割り込んだ。

「大丈夫です。頬月アカネ、口は堅いほうで秘密は守るであります。あと、探偵には助手が付きものでしょ？　ホームズとワトソンとか、上田と山田みたいな」

「いや、どこの上田と山田だよ。ったく、とっつぁん……」

「まぁ、人を育てることも、また勉強なり、ってな」

「なんじゃそりゃ……で、事件なんだろ？　どんな事件なんだ」

「あぁ、それだ。いつもの倉庫群を封鎖してある。ホシ（容疑者）は第三倉庫に逃げ込んだ」

「ここにいる一般人を巻き込むわけにはいかないんじゃないのか。だいたい、マスコミに勘づかれ始めてるんだから。公になるのも時間の問題だろうし」

「いや、大丈夫だろう。なんたって警視庁警察庁、それに政府各種機関が総出で封鎖して、事に当たっているんだからな」

「でも、今月のこのオカルト雑誌には、あの倉庫群がときどき封鎖される原因の推測記事が十五ページにわたって掲載されてるんだぞ」

「何っ⁉　詳細はなんて書いてあるんだ」

「倉庫群の地下には核実験施設があるんじゃないかとか、宇宙人が隔離されてるんじゃないかとか、軍の人体実験が政府監視下で行われてるんじゃないか、とか」

「そんなもの、ほら、今流行りの都市伝説としか思わないだろ」

「これは、社会見学にはうってつけだわ。社会の裏側が見れるのね」

アカネは、キラキラした目で言った。

「バカ言うんじゃない。これは、肝試しに行って恨みを持った幽霊を見るよりよっぽど恐ろしいことなんだぞ。たとえキミを助手にしたとしても、この仕事にだけは絶対に関わらせたくない」

　サトシは今までより声を張り、そう言った。

「まぁ確かにそうかもな。探偵ドラマだったらともかく、なぁ」

「アタシの人生はまだまだ長いのです。一つでも多くの経験をして、この世をまっとうし、酸いも甘いも経験して、人生大往生で幕を閉じようと思っております。だからアタシにも協力させてください。山谷刑事にも迷惑かけたので、恩返しになればと思っています」

　アカネは、山谷に向かってそう言い切った。

「都合のいい言葉ばかり並べやがって。だいたいそんな甘い世界じゃないし、首を突っ込んだらもう普通には生きていけなくなるかもしれないんだぞ」

「いいお嬢さんじゃないか。サトシ、連れてってやれ、俺が許可する。見学だけでもさせてやればいいじゃないか」

「イッパシの刑事が何言ってんだよ。そういうところだよ、情報漏えいの原因」

「俺は刑事の中でも自他ともに認める変わり者だ。そういうことを言う性格だとわかってるだろ。世の中には常識で解決、割り切れないことだっていっぱいある。ということを俺はわかってるからこそ、彼女の意思を否定できない。これも何かの縁、お嬢ちゃん、首を突っ込みたかったらとことん突っ込むといい。あとは、サトシの責任ってことだ」

そう言って、山谷は豪快に笑った。一緒になってアカネも笑った。

「笑い事じゃないって。オレの責任じゃない、自己責任で首を突っ込むなら助手として連れて行ってやる」

「おっ、所長、ものわかりがいいねぇ」

アカネが、そうサトシをおだてた。

「話が前に進まないからしょうがなくだ……それで、今回の謝礼は?」

「十二万だ」

山谷が答えた。

「足りない」

まぁ待て、プラスだ、と山谷は言い、壁を見回し、ある一点に視線を止めた。そして、視線を向けた先に歩み寄りながら話を続けた。

「この指名手配の男、坂村準がホシだ。身長一六七センチ、体重六六キロ、血液型B型、獅子座だ。ちなみに、この案件の解決と同時に懸賞金二五〇万円がプラスされる」

よし乗った、とサトシは短く返事をした。

「この人は無差別通り魔事件の人だわ。それでいて、いくつかの地域で事件を起こしている殺人犯よね。たしか、五年前からその姿をパッタリと消してるって聞いたことがあるけど？」

アカネは、山谷にそう訊いた。

「あぁ、これまでに十五人が小型ナイフで刺され、そのうち三人が亡くなっている。五年前からその足取りがつかめなくてな。それがどうだ、五年ぶりに姿を現したと思ったら事件を起こしてな、今から三時間前に二人刺され病院に運ばれた。幸い二人とも命に別状はなく、意識もはっきりしている。しかしな、二人から話を聞いてみると、額に角が二本あったと言ったらしい。もしかしたらと思い、例のごとく警察はすぐに坂村を倉庫に追いやって、同時に俺は、お前にこうして頼みに来たんだが。やってくれるな？」

「角を視たって、なら間違いないな。了解、すぐ支度しよう。おい助手、どんなモノを視ても、どんな体験をしても覚悟はできているな」

サトシは、キリッとした目つきでアカネに問う。

「ハイ所長、大丈夫です」

そう言うアカネの返事をよそに、サトシはオカルトグッズが置かれた棚からいくつか選びカバンの中に放り込んだ。

「今回もそれ、貸してくれ」

山谷が、メガネ型のグッズを指さした。

「なんだ、また忘れたのか？　警視庁特命X課の任務遂行グッズ」

「あぁ、忘れた。俺が記録を取らないとお前は廃業なんだからな」

「X課？」

アカネがつぶやいた。

「そう、常識では測れない事件が起こったらX課、とっつぁんのところに連絡が来る。そして、秘密裏にオレが処理し、一部始終をとっつぁんが記録に残して、極秘資料として保管。その後、謝礼として民間企業のオレのところに金が入ってくる、そういうシステム」

サトシが、アカネに説明した。

「X課は俺一人、困ったよ。この地区の警察署勤務の俺が突然オカルト染みた、と言っても現実なんだが、そういうことを誰にも気づかれないように処理しろと政府のえらい人から直々に命令されて、どうしろってんだよな。X課の人数増やしてほしいよ」

ハァ、と山谷はため息をついた。

「まぁ、オレみたいなエージェントは全国各地に居るんだけどな」

サトシは、そうアカネに言った。

「へぇ、そうなんだ」

「だけど、こういう事件が起きるたびに日本全国を飛び回って記録しなきゃならないんだぞ。もう体力の限界だ」

「もう、とっつぁんも歳だもんな。無理すんなよ」

「特命か。ウフッ、なんかカッコいいわね」

「お嬢ちゃん、ドラマみたいにそんなにかっこいいものじゃないからね」

「言えてる。よし、準備完了。すぐに出発だ」

サトシがそう言うと山谷とアカネはうなずき、事務所から現場へと向かった。


巨大倉庫群が軒を連ねている。昔は、軍事用に使用されていたらしい倉庫群。今は、政府の管理下にあるとも、警視庁あるいは自衛隊の保有する土地ともウワサされている場所である。

山谷とサトシ、助手としてついてきたアカネが第三倉庫の正面、大きなシャッターの横の小さな扉の前に並んだ。

「いいな、サトシ」

山谷はそう訊きながら、オカルトグッズの中から持ち出したメガネをかけた。

「あぁ。まずは、どのタイプの鬼か知らなきゃならない」

ワクワクする、とアカネはつぶやいた。

サトシはドアノブに手を置き、ガチャッと音を立て扉を開けた。

ギィイイ、ドーム状の倉庫の中に扉を開ける音が反響する。

サトシが中に入り、続いて山谷が入った。二人のあとにアカネが、おそるおそる足を踏み入れた。

山谷が慣れた手つきで物々しいレバーを引き下ろすと、倉庫内がライトアップされた。サトシは、無言でアカネにバッグを押し付けた。そして、柔軟するように体の関節を伸ばしながら倉庫中央に歩を進めた。

「さぁ、鬼さんはどちらにいらっしゃるんですかね」

サトシの声が反響する。

倉庫の中は、ほぼがらんどうと言っても過言ではない。あるのは、倉庫自身を支える骨組みとわけのわからない鉄くずのようなもの、何に使ったのかわからない機械が端のほうに転がっているのみである。

メガネをかけた山谷とアカネが、入ってきた扉近くで成り行きを見守っている。アカネが小声で山谷に話しかけた。

「ねぇねぇ、刑事さん。そのカッコ悪いメガネはどういうつもり？　ふざけてるの」

「ふざけてない。俺はこいつをかけないと視えないの」

「何が？　目が悪いの？」

「違う、こいつがないと鬼が視えないんだ。一部始終、何が起こってるかわからないと仕事にならんからな」

「特殊なメガネなの？」

「詳しいことはよくわからないが、なんでもありがたい霊石と水晶とキリスト教の聖水とお坊さんの祈りの念が入ってるらしい」

「ウサンくっさぁ。もしかして、雑誌の裏とかに載ってる通販で買ったやつとか？」

「あいつの持ち物はすべてそうだろ」

山谷は、サトシを見つめたまま言い放った。サトシは、相変わらず倉庫の中央で敵の出かたをうかがっている。その時、ガサガサと天井の骨組みから音がした。

「天井の梁を動き回ってるのか」

サトシは、上を見回しながら言った。

ギュゴォォォ。

何かの雄叫びがこだました。

「おいおいおいおい、まさかそこから飛び降りるつもりか。二人とも伏せろっ」

サトシは、山谷とアカネに向かって叫んだ。その瞬間、黒い塊が天井から落ちてきた。

ズドォォォン、轟音とともに小さく地面が揺れ、砂埃が舞い上がった。三人は、その場で身をかがめていた。

「でっけぇ。よくもまぁ、ここまで育ったもんだな」

顔を上げたサトシが呆れたように言った。建物に反響したサトシの声を聞き、山谷とアカネは顔を上げた。

「あれが……あれが、お、鬼⁉」

アカネがその状況に震えていた。

「メガネが無くても視えるんだな。そう、あれが鬼、だ」

山谷が驚き、次いでため息でもつくように言った。

「鬼、典型的な鬼の姿。修羅道とでもつながったかな」

サトシは、鬼の姿を視てそう冷静に分析した。身長は二メートル半を超えている。体色は黒。身体は岩のようなモノが集まっているようにゴツゴツとしている。額には三十センチほどの角が二本生えていて、鬼の体長の七割ほどの長さはあるであろう釘バットを模したような棍棒を手にしている。

「こいつは、一筋縄ではいかなそうだな」

山谷がそう口にした。

「そうね。これは隠さないと、世間の目に触れてはいけないわね」

アカネは、そう言いながらもまだ震えていた。

「今から、サトシはあのバケモノと闘うんだ」

「勝てるの？」

「さぁ。ただ、いつでもサトシは全力を尽くす。君はそれを体験してるはずだ」

「うん、アタシを助けてくれたときも全力だった。アタシに対する心も全力だった」

アカネは、軽く目を潤ませながら山谷にそう語った。

おーい助手、いやアカネっ、とサトシが呼んだ。

鬼は棍棒を振り回し、サトシに襲いかかろうとしていた。

「は、ハイッ」

「バッグの中のクリスタルをこっちに投げてくれ。助手の初仕事だ」

サトシにそう言われ、アカネは首を縦に振り、バッグに手を入れまさぐった。

「で、山谷刑事に訊きたいんですけど、クリスタルってどれ？」

「えっ、えっと……サトシっ、クリスタルってどれだ？」

山谷がサトシに叫んだ。

「乳白色で六角柱の、おっと、二十センチほどのやつっ。ううぉ、あっぶね」

サトシは、必死で鬼の攻撃をかわしながら説明した。アカネは、さらにバッグの中をまさぐった。

「あった。これ、ね」

アカネがバッグから取り出したモノは、乳白色の六角柱で片方が鉛筆の先のようにカットされた棒状のクリスタルだった。

「所長っ、受け取ってください」

アカネは、サトシに向かってクリスタルを放り投げた。クリスタルは宙を舞い、回転しながらサトシのもとに飛んでいった。サトシはその落下地点を予測し、なおかつ鬼の棍棒の動きを読みながら、手を組み『オン』と発した。

するると、空中のクリスタルが輝き始めた。

「オン・ベイシラ・マンダヤ・ソワカ。毘沙門の如意宝棒」

そう唱えると、サトシの頭上で輝くクリスタルが細身の棒のようなモノに変化した。

「うそっ、こんなことまで……」

アカネが、我が目を疑っているかのようにそうつぶやいた。

「サトシの真骨頂だ。詳しい説明はできないが、手で印を組みマントラを唱えると、六道の天道とつながって……なんかそうなるらしいんだ。だが、あんな巨大な相手にどう闘いを挑むんだ」

山谷が冷静にそう言った。鬼は、容赦なくサトシを襲う。問答無用、獣のごとくただ暴れるのみである。サトシは、一瞬のチャンスをものにすべく、先端を鬼の身体の中心目がけて突き出した。だが先端が鬼の左胸まで数センチのところで、鬼は棍棒を振り上げ宝棒を弾いてしまった。その勢いは凄まじく、反動でサトシの身体が宙に浮いてしまった。

「ねぇ、弱点とかはないの？」

アカネは、その光景に耐えられないといった感じで山谷に訊いた。

「正直、俺にはわからんのだよ。ここまで鬼が成長することも珍しい。俺もここまでのモノを拝むのは初めてだ」

「じゃあ、アタシたちはここでこうやって見物してることしかできないの？」

「残念ながら、俺たちじゃ足手まといになりかねん。闇を振り払うことができるのは、鬼になった人物自身が闇のエネルギーを拭い去るか、サトシが手にしているような天道やその他、聖なる次元とつながる道具などで闇を相殺させる、つまり能力を持っているものが取り除いてやるしかないんだよ」

「そんな。アタシも助手として……」

アカネは、そうつぶやいてバッグの中を探った。

サトシは如意宝棒で鬼の攻撃を防ぐことで精一杯、力量でも圧倒されている。しかし、サトシは鬼の攻撃を読み、棍棒が振り下ろされた瞬間、鬼の左側に回り込むことに成功した。と同時に、鬼の左脇目がけて如意宝棒を突き出した。だが、鬼の振り向きざま左腕をかすめただけだった。

「ちっ、惜しい。図体がでかい割に動きも素早いときた。なんて奴だ」

思わず山谷がつぶやいていた。

「これは？　なんかの役に立たないかな。ねぇっ、所長っ」

そう言いながらアカネはバッグの中から球形のモノを取り出し、サトシに見えるよう頭上に掲げた。アカネの声に、サトシは苦戦を強いられながらも、ちらっと視線だけを向けた。鬼の攻撃をかわしながらサトシは考えを巡らせた。

「そうか、やっぱりそれしかないか。よし、それでいこう。その魔餓玉《まがだま》をこっちに投げてくれっ」

　独り言をつぶやいたあと、アカネに向かってそう指示を出した。

「マガダマ？　あぁこれね。わかったわ」

「五つ数えてから投げてくれ」

「どういうタイミングよ。まぁいいわ。イーチ」

　その時、サトシの宝棒と鬼の棍棒が激突した。

「ニーッ」

　サトシは、チカラいっぱいに鬼の巨体を弾き返した。

「サーン」

　鬼はよろめいている。その隙にサトシが鬼の懐に飛び込んだ。

「ヨーン」

　如意宝棒を振り上げながら鬼に詰め寄る。

「ゴォーッ、所長っ！」

　アカネはそう叫びながら、大きく振りかぶって魔餓玉をできる限りの豪速球で投げた。宝棒が振り下ろされ、鬼の胴体の皮膚を破って喰い込んだ。すると鬼は白目を剥き、仰向けに倒れ込んだ。突然、傷口から黒い煙のようなモノが噴き出してきた。

「闇魔《やみま》を喰らう石よ、人間道の世界でチカラを示せ。発動、輝煌《きこう》せり魔餓玉っ！」

　サトシの掛け声とともに、魔餓玉が発光しながら飛んできた。鬼とサトシとの間で、魔餓玉が宙に浮いたまま停止した。発光する魔餓玉は、鬼の身体から溢れ出る煙を吸い込んでいった。

「見ろっ、鬼の身体が少しずつだが縮小していってるぞ」

山谷が鬼を指さし、アカネに言った。次第に、鬼から人間の本来の容姿に変化していった。そして、魔餓玉は現場に漂っていた煙を吸い尽くし、輝きを消した。

「よっと、お疲れさん」

サトシは、輝きが失せるのと同時に宙から落ちてきた魔餓玉をキャッチした。

「やったの？　これで問題は解決？」

アカネが山谷に訊いた。

「いいや、ほら人間の姿に戻った坂村の額を見てみろ」

「角。はっ、角がまだ残ってるわ」

「そうだ、あの角が消滅して闘いは決着、初めて終焉に至る」

山谷は、現場を見つめたままそう説明した。すると、それまで鬼と化していた坂村が起き上がった。

「お目覚めかい。気分はどうだ、絶好調ってわけではなさそうだな」

サトシが、坂村に向かってそう言った。

「この世は、壊れればいい。すべて、何もかも終わればいい」

坂村がうわごとを言っている。

「ほう、で、何もかも終わらせてどうする。お前自身はどうする」

サトシは、そう挑発するように訊いた。

「知ったことか、すべてが終わればそれでいい」

「そうかい。それは残念だが、オレが終わらせない。お前の時間、人生をまっとうしてもらうまで、この世界は続いてもらう」

そう言って、サトシは如意宝棒を構えた。

うるさいうるさい、と坂村がつぶやくと、湧き出すように口から少量ではあるが闇を吐き出した。

「サトシっ、また闇が湧き出してるぞ」

山谷がそう叫んだ。

「あぁ、わかってる。とっつぁんよりもハッキリと視えてるよ」

闇は、坂村の身の丈でも操りやすい長さの棍棒へと変化した。坂村は、やみくもに棍棒を振り回し、サトシに向かっていった。右に左に迫りくる棍棒に対して、サトシは後退しながら円を描くように前方に向けた宝棒を回して防ぐ。

「所長、防戦一方じゃない。なにやってるのよっ、攻撃しなさいよ」

アカネは、サトシの尻を叩くように言った。

「いや、待て。サトシは坂村の生身の体を傷つけまいとしているんだ」

「だからって、これじゃ闘いようがないじゃない」

「これがあいつの闘い方だ。いつもどおり、これからが本番。まぁ、黙って見てるんだ」

山谷がそう言うと、アカネはそのままサトシの勇姿を見つめた。坂村が大きく棍棒を振り上げ、チカラを込めて打ち下ろしてきた。サトシは、それを宝棒で受け止める体勢に入った。しかし、棍棒が激突する寸前、サトシが『解除』と声を上げ、スッと横に避けた。サトシの如意宝棒は、掛け声とともにクリスタルに戻っていたのだ。

棍棒が標的を失い、予想を裏切られた坂村は、あり余ったチカラの反動で前のめりに倒れ込んだ。

「解放、第四のチャクラ」

サトシは、坂村の背後に回り込み、左右の肩甲骨下部中央にクリスタルを押し当てた。すると、クリスタルが七色に煌めいた。

「あれは……何をやってるの？」

アカネが不思議そうに訊いた。

「最後の仕上げだ。天道のエネルギーを注入しているんだ。生命エネルギーを天道のチカラで活性化させてるってところか」

山谷は、以前サトシに説明されたとおりの言葉で答えた。

サトシが坂村の背中からクリスタルを離した直後、坂村の額に生えていた二本の角がポロッと地面に落ち、塵となって散らばった。

「チェックメイトってやつか。ふぅーっ。とっつぁん、あとの処理は任せた」

サトシは、そう言ってアカネと山谷のもとに歩いてきた。

「おぅ、任せとけ。生身の人間に関しては俺の仕事だからな」

そう言って山谷は、倒れている坂村のもとに歩き出した。そして、サトシと山谷はすれ違いざまにハイタッチを交わした。

お疲れさま、とアカネがサトシに声をかけた。

「平気か?」

「平気かって、何が?」

「急にあんなモノを見たんだ、怖がったり、ショックとかさ、普通受けるだろ」

「あぁ、大丈夫、だと思う、今のところね。普通じゃないモノは見慣れてるから」

「そうか、それならいいんだが」

「なにかあったら責任とってもらうから、いいわよ」

「自分から首突っ込んどいてよく言うよ」

「それで、助手としてのアタシはどうだった?」

「どうかな。まぁ、初陣にしてはよかったかもな」

「本当? それじゃ、もっと勉強して、所長の役に立てるようにがんばるであります」

アカネは、サトシに向かって敬礼した。

「アホッ、調子に乗るな。それよりも学校の勉強をがんばれよ」

「こっちの勉強のほうが刺激的でおもしろい」

「あのなぁ……」

「わかってるわよ、遊びじゃないことくらい。ただ、学校に行けない期間中はヨロシクね」

「なんか軽いなぁ。面倒くさいことだけには巻き込まないでくれよ」

「承知いたしました。で、刑事さんを手伝わなくていいの？」

「あとは、とっつぁんがなんとか処理してくれる。さぁ、もう黄昏時《たそがれどき》だ、帰るぞ。闇が支配する時間が迫ってるからな」

「なんか微妙、ダサい言い回しね」

「うるさいっ」

　そして、二人はその場をあとにした。

第乙章　能力開発の件

丑寅探偵事務所。

カランコロン、と扉が開きアカネが入ってきた。

「おはようございます、所長」

おう、とサトシはそっけなく返事した。

サトシはデスクからはみ出るほどの地図を広げていて、視線はそれに釘付けだった。

ブラウニーも何か考えるように腕を組み、地図の上に胡坐をかいていた。

「三日ぶりの出勤でございます。ブラウニーちゃんもおひさ」

「出勤って、キミを雇った覚えはこれっぽっちもないんだがな」

「なによ、わかってるわよ。アタシが勝手に社会見学やってることは自覚してるわよ」

「それで、大丈夫か？　鬼退治を見学して、精神的な弊害は出てないか」

「心配してくれてるの？」

「そりゃ、キミは世の中に嫌気がさしてビルから飛び降りようとしてたんだ、常識を逸した体験をして正気でいられるほうが……」

「常識はずれ、とでも言いたいの」

「まぁ、変わり者ということは確かだな。大丈夫そうだな、強靭な精神力の持ち主よ！」

「昔から人には視えないモノが視えていたから、多少の免疫があるってことだけよ。ちなみにこの三日間は、お母さんの仕事が休みだったり、担任が家庭訪問に来たり、なんかアタシが起こした問題の処理でわけのわからない書類書いたり……面倒くさいことばっかりで、なかなか家から抜け出せなかったのです」

へぇ〜、とだけサトシは返し、また地図に視線を落とした。

「で、なんなの、この大きな地図。ブラウニーまで考え込んで。伝説の海賊が残した宝が眠る場所を記した地図？」

「違う」

「じゃあ、幻の大陸が沈んだ場所を特定するための地図ね」

「アホ」

「そうか、どっかの大将軍が隠した埋蔵金の在り処を示す地図なのね！」

「そんなわけあるかっ」

「じゃあ、なんなのよ」

「日本地図だよ」

「あっそうか、伊能忠敬が作った価値のあるやつね！」

「なんでオプションをつけたがる。これは、現代の日本地図だ。仕事をしてるんだから邪魔しないでくれ――んん？　よしっ、おおよその見当をつけたぞ。ブラウニー、例のものを持ってきてくれ」

サトシにそう指示されたブラウニーは、コクリとうなずき立ち上がった。そして、どこかに消えていった。

「あ、そんなことより、ねぇねぇこれ見てよ」

アカネは、左手首をサトシに見せた。

「ん、なんだ？　パワーストーンのブレスレットじゃないか。雑誌の通販で買ったのか？」

「どこかのオカルトマニアと一緒にしないでください！　これは、お父さんが亡くなる前に、デパートの宝飾ショップでアタシのために選んで作ってくれたモノよ。大切な宝物としてしまっておいたんだけど、鬼退治を手伝うに当たってのお守り」

ちょっと見せてみ、とサトシはアカネの腕をグイッと引き寄せた。

そのブレスレットは、透明な水晶、ピンク色のローズクォーツ、黒色のトルマリンがそれぞれ六個ずつ、計十八個の玉石で構成されていた。

「お守り？　水晶は身を守ることに役立ちそうだけど……ローズクォーツは恋愛運、トルマリンは健康運だぞ」

「いいの！　かわいいわが子のために、お父さんがアタシのためを思って作ってくれたんだから。それに、今の話を聞くとバランスがいいじゃない」

「ちょっと補足すると、水晶は精神的なモノの浄化って感じかな。ローズクォーツはどちらかというと愛ということになるな。ブラックトルマリンの別名は電気石。実際に微弱な電荷を帯びていて肩こりとかに効果があると言われてる。つまり、マグネット治療器、腰に貼ったり、輪っかになってるやつを首にかけたりするの売ってるだろ。それの弱い版って感じの石だな」

「そうなんだ。じゃあ、これでアタシの人生無敵ね！」

ハイハイ、とサトシはデスクいっぱいに広げられた地図をたたみ、別の地図を取り出し広げだした。

それは、さらに詳細な、ある地方の地図だった。

すると、ブラウニーがどこからともなく姿を現した。なにやら紫色をしたドロップ状のモノを抱え込むようにして持ち、体中に糸を絡ませながらヒョコヒョコと帰ってきた。

サンキュー、とサトシはブラウニーに一声かけ、そのドロップ状のモノをつまみ上げた。ドロップ状のモノと糸がつながっていたため、それを持ち上げるとブラウニーの体が浮き上がり、糸が解けていく勢いのまま宙に放り出された。ブラウニーは、まるでコマを回すようにして着地した。

オォッ、とアカネはその曲芸に歓声を上げ、拍手を送った。

「ちょっと静かにしてくれ、これからは集中力が必要になってくるから」

サトシは糸の先端を右手の親指と人差し指でつまみ、ドロップ状のモノを左手のひらに軽く当てている。

「もしかして、その糸にぶら下がってるのはペンデュラムってやつ？　だとしたら、それはダウジングってのをやるのね」

「よくわかったな、ああそうだ。ダウジングで使う振り子だ。紫水晶、アメジストっていうパワーストーンを使ってるんだ」

「何か捜し物？　それとも水脈を見つけるの？　まさか、油田を見つけて一儲けするのね」

「発想が豊かなドリーマーかよ！　想像の飛躍がハンパないな」

「柔軟な発想！」

「なんだ、その返し。仕事なんだから、ちょっと黙っててくれないか」

「人を捜すの？　指名手配犯？」

アカネは、壁に貼りめぐらされた周囲のポスターをグルッと見回して訊いた。

「いいや。昨日とっつぁんから依頼があってな、なんでも一週間ほど前から女子大生が家出してて、捜してくれってさ。警察に捜索願が出されてるから、そっちでも捜しているらしいんだけど、一応見当つけといてくれって言われてさ」

「恋愛絡みね。彼氏と駆け落ちかしら。ま、小さい仕事だけど断れないわよね。小さなことからコツコツと、よね」

「そんな言い方するな、オレは金のためにやってるんじゃない。世のため人のため、生きているイコール幸福、が常識と言える世の中にするためにやってるんだ」

「じゃあ、早く仕事して」

「おいおい、誰が邪魔してるんだよ。集中しなきゃいけないから静かにしてくれよ」

サトシは糸の先端をつまみ、振り子をゆっくりと地図の上にかざした。同時に自身の心を静めるように時を過ごした。その目は鋭く、糸の先端についているアメジストを見つめている。そして、集中しながら慎重に地図の上を滑らせるように移動させていく。ペンデュラムは、移動しながらも一定方向に静かに円を描いていた。

だが〝ホウトウ村〟と書かれた場所の上で、急に振り子が逆方向に回り始めた。

シーンと静かな空間。と、その時――。

サトシっ協力してくれ、と山谷が急に扉を開け中に飛び込んできた。そのあとを追うように、カランコロンカラン、とドアベルが鳴った。

「なんだよとっつぁん、集中力切れちゃったじゃないか」

「あ～ビックリした。刑事さん、もうちょっと静かに入ってこれないの」

「ス、スマン。いやサトシ、例の行方不明になってる女子大生のことなんだが」

「つい今しがた、場所を特定できそうだったんですけどね」

「いや、見つかったんだ」

「お、そうか。それはよかった」

「それが、よかった、とは言い難い状況でな」

「どういうこと？」

　アカネが訊いた。

「それがな……遺体で見つかってな」

「今、だいたいの見当がついたところなのにな。そうか、残念」

「もしかして、殺し？」

　アカネはおそるおそる訊いた。

「何かの事件に巻き込まれたようだ。遺体には後頭部を殴られた痕と背中に数か所の刺し傷。おそらく、硬いもので殴られて意識を失ったあとに、刃物でとどめを刺したって状況だ」

「酷いわね、それで犯人の目星は？」

「アカネちゃん、探偵っぽいねぇ」

「そうよ、助手がしっかりしていれば何とかなるものよ」

「それどういう意味だよ」

　サトシが、アカネを軽く睨みつけた。

「おいおい、話を続けるぞ。それでな、交際相手の男の車が現場付近に乗り捨てられていた。もうすぐ、その男の詳しいことが判明するはずだ」

「その男が何らかの事情で女子大生を、ってことか。そうなると、オレたちがでしゃばる案件じゃなくなったようだな」

「なんで？　その男許せないじゃない。ダウジングで捜してあげればいいんじゃないの？　刑事さんも入ってきたとき、協力してくれって言ってたじゃない」

「そういうのは警察に任せておけばいいの。そのための警察だろ。なぁ、とっつぁん」

「普通の殺人事件ならな」

「普通じゃないの？」

「聞き込みをしていたら、妙なモノを見たという人や、妙な声を聞いたっていう人たちが出てきてな」

「所長、そっち関係の仕事です」

アカネが、敬礼してサトシに言った。

「詳しいことを聞く前に、場所を教えてくれないか」

「まず、女子大生が殺された場所だが、ホウトウ村というところだ。その樹林帯で遺体が発見された。近くの家の人が発見したんだが――」

「なるほど、それでここに反応があったんだな。とっつぁん、これホウトウ村付近の地図」

サトシにうながされ、三人は頭を突き合わせ、地図をのぞき込んだ。

「樹林帯の脇に三、四日、車が止まっていて、不審に思って林の中を入っていったら遺体を発見し、同時に何かの気配を感じて振り返ると獣のようなモノを見た、と第一発見者は語ったらしい」

「ケモノ？　野犬か何かじゃなくて？」

アカネが、地図から山谷に顔を向け訊いた。

「二メートル近い大きさだったらしい。止めてあった車はミニバンなんだが、獣は車高よりひと回りほど大きかったって話だ」

「なるほど。畜生道とつながったのか、あるいは犬神の類いか」

サトシがそう推理した。

「ほかに情報は？」

考えを巡らすサトシに代わり、アカネが山谷に訊いた。

「犬とは違うような、表現しようもない不気味な獣の鳴き声を聞いたって話もある。それともう一つ妙なのは、遺体の右肩、肩甲骨から鎖骨のあたりが喰いちぎられたようにえぐられた痕があるらしい。現場では、野犬に遺体を荒らされた、と処理することになってるようだ」

「血に飢えた畜生か、そうとう前から覚醒していたのかもしれない。とっつぁん、過去に似たような事件ってあったっけ？」

「さぁ、遺体の一部が喰いちぎられた？　うーん……はっ、あるっあるぞ」

何かを思い出したように、山谷は壁にある一枚のポスターの前で立ち止まった。

「なるほど、おそらくビンゴだ」

サトシは、山谷の思考にピンときてそう言った。

「懸賞金二五〇〇万円。犬山星太《せいた》」

アカネがそのポスターの重要箇所を読み上げた。

「手口は同じだな。十年前に二十代前後の女性を四人殺害、そのあと逃亡して行方をくらました。同じような手口で久々の犯行ってか」

当時のことを思い出し、考えるように山谷は言った。

「やっかいなことになるかもしれないな」

「サトシ、それはどういうことだ」

「いや、鬼に覚醒したのは十年前の四つの事件だとして……そのあと鬼のチカラを自ら封じ込めて普通の生活をしていた、そういうことになるだろ」

「それがなんだっていうのよ？」

「うん、なんか別のチカラが関与してる恐れがあるんだ」

「鬼退治に支障でもあるのか」

「そこなんだよ、鬼退治をするには鬼のチカラを相手が常に解放していることが条件なんだ。だけど、敵と対峙しているときにエネルギーを封印されてると、生身の人間と格闘することになる。鬼のエネルギーを宿した生身の人間に天道のチカラをぶつけると、生身の身体は滅びて鬼のエネルギーだけが露出することになる」

それはマズイな、と山谷がつぶやいた。

「何がマズイのよ？」

「生身の身体が滅びるんだぞ。人間を跡形もなく殺す、いや消し去ることになるんだ。鬼を退治できても肉体を再生させることは不可能だ」

「なるほど、それはマズイわね」

「オレの手には負えないかもな」

「それじゃあ、どうするのよ？」

「とっつぁん、北のエージェント、恐れの婆《ばあ》に連絡取ってもらえないかな」

「おぉ、わかった。それでどうする、今から行くか」

「いや、もしものことを考えると、オレたちだけじゃ、どうにもならないだろうな。恐れの婆といつ合流できるかが、カギになる」

「でも、犬山に逃げられるわよ」

「アカネちゃんの言うとおりだ」

「とっつぁん、遺体の死亡推定時刻は？」

「四日は経ってるだろうって話だ」

そうすると、とつぶやき考えを巡らせたあと、サトシは山谷に顔を向けた。

「三日以内に恐れの婆と合流できるように頼んでくれないか」

「どういうこと？」

「鬼のチカラを解放したとなると、そいつはそこに留まっているしかないはずだ。遺体が発見されたのは今日。遺体の発見者はそのとき獣の姿を目撃している。車は三、四日そこに放置されていた。犯人は鬼のチカラを封印しきるまで、おそらくその場に留まるしかないはず。目撃情報から考えて樹林帯から出ると目立つからな。

遺体の状況から四日経っての目撃、要するにその間、付近で身を隠していた。つまり、完全に鬼のチカラを封印しきってその場所を去ろうとしている、と考えられる。

鬼のエネルギーを解放してから封印しきるまで十日ほどかかると仮定して……」

「多く見積もって今日で五日目と考えると、鬼のチカラを封印できる期間は今日から四、五日。それを過ぎると普通の人に戻ってしまうのね。チャンスは二、三日の間ってことになるわよね」

「じゃあ、恐れの婆には二日以内に合流してほしいと伝えておこうか？」

「いいや、三日で充分、大丈夫なはずだ。恐れの婆にも準備ってものがあるはずだから、ギリギリで勝負をかける」

「そうか、わかった。だが、その間ほかに被害は出ないのか」

「とはいえ、それは順調に行ったらの話。不測の事態も考えられる。念のため、三十代手前の女性は村から避難してもらったほうがいいかもしれない」

「年齢で人を分けてるようで、なんか嫌な気分。最低よね」

とアカネは顔をしかめた。

「アカネちゃんは連れて行かないほうがいいんじゃないか」

「それは本人に任せようと思ってる。が、どうする？」

「行くわ、これも人生の経験よ。社会見学、課外授業、助手としての使命、ねっ」

「とっつぁん、そういうことだ。責任はオレが取る。ってもその時までに、身の守り方くらいは修得してもらわなければならないけどな」

そのサトシの言葉に対し、アカネは、ウンとうなずいた。

「よし、わかった。俺はすぐ恐れの婆と連絡を取ってみる。詳しいことは、追って連絡する。この件はくれぐれも頼んだ」

「オーケー、了解」

とサトシが返事をすると、それじゃ、と言って山谷は事務所を足早に去っていった。

「ところで、オソレノバアって、誰？」

アカネが、話の流れの中で聞くに聞けなかった疑問を投げかけた。

「北のエージェントでね、オレもとっつぁんも信頼してる人物の一人さ。恐山の麓でイタコを生業としてる婆さんなんだ。確か本名は、畑守《はたもり》ヨネミだったかな」

「へぇ、イタコ。恐山の婆さん、略して恐れの婆なのね」

「そう、十代の頃からイタコの修行をしてるらしくて、主に霊能力で死者と交信したり、人生相談や失せ物捜しなんかも仕事のうち。イタコ業も鬼退治も六十五年以上の大ベテラン」

「六十五年、プロ中のプロね」

「大先輩だな。ただ年齢も年齢だからもう引退しようかな、なんてこの前言ってたけど」

「ふーん。あっ、でも、鬼退治はそんな昔からあったの？」

「そりゃそうだろ。公にならなかっただけで、極端な話、憎しみや嫉妬などの負の感情自体が鬼のエネルギーそのものと言ってもいいからな。他人に危害を与えんとする歪んだ感情をその身に宿した瞬間から、多かれ少なかれ六道の修羅、餓鬼、畜生、地獄道のどれかとつながる条件を整えたようなものだ。それに対抗できるのが天道のエネルギーだな。正負両極の影響を受けてしまう世界が人間道。それが宇宙の理で、何にしてもそれがバランスってやつだ」

「公式に記録を残し始めたのが山谷刑事ってこと？」

「まぁそうなるかな。明治以降、公式に国家の者が関与した記録は、とっつぁんからになるだろうな」

「明治以降？」

「平安時代とかに活躍した悪霊払いでおなじみの陰陽師とかは、国家公務員として例えられるし、武士が鬼退治をしたという話や、西洋でもエクソシストとかいるし」

「あ、そうか。言われてみればそうね。納得」

「そんなことより、自分の身を守れるように訓練を始めるぞ」

「はーい。で、なにやるの？」

サトシは、オカルトグッズが並ぶ棚に歩み寄った。

「まず、直感でいいから、自分と相性のいいと思う水晶玉を一つ選んでみなさい」

「わかりました、どれでもいいのね」

棚の中央には、それぞれ大きさの異なる水晶玉が五つ並んでいる。

「どれでもいいが、なるべくクリアな感じを受ける水晶玉を選ぶのがいいだろうな」

サトシの声を聞きながら、アカネは五つの水晶玉を眺めた。そして、アカネは左から二番目の水晶玉を手に取った。それはちょうど手の中に収まるほどの大きさだった。

「その水晶玉、持ってみてどんな感じがする？」

「う～ん、大きさも重さもちょうどいいし、五つの中で一番透き通ってるって感じがしたわ」

その感想を聞き、よし、と言ってサトシも右端の水晶玉を手に取った。

「所長は、どうしてその水晶玉を取ったの？」

「オレにとっては、これが一番しっくりくる。実は、大きさと重さは違えど、この五つの透明度はだいたい一緒だ。だけど、個人差なのか、何か惹きつけられるモノがあるんだ」

「あぁたしかに。無意識に惹きつけられたかも。で、どうするの？」

「第一段階として、エネルギーの流れを体感してもらう。まぁ、まずは見ててくれ」

そう言うとサトシは、左手に持っていた水晶玉を胸の前に持っていき、集中するようにそれをジッと見つめた。

サトシの目は水晶玉を見つめているのだが、視線は別なところにあるような感じがした。心ここにあらず、という言葉がふさわしいといった感じだ。

しばらくすると、それまで透き通っていた水晶玉が濁ってきたように視え始めた。よく視ると、色のついた煙のようなモノが、水晶玉の中で漂いだしていた。

最初は赤かった煙の色が、いつの間にか青色に変化していた。次に黄色、緑色と様々な色彩に変化している。

紫色を最後にサトシは、鼻から大きく音を立て空気を吸い込み、フゥーッと息を口から吐き出した。すると、水晶玉は元の透き通った状態に戻っていた。

「よし、今のやつをまず、修得してもらう。エネルギーコントロールの基礎中の基礎。これを修得しておくことで、この前オレが鬼と闘ったときのようなことだって可能になる」

「天道のチカラとつながれるの？」

「これだけでは天道とつながることはできない。だけど、まだオレも解明できてない技だって開発することは可能だな」

「所長は、こういうことを自分で開発したり、見つけたりしたの？」

「そういうこと。いろいろな資料を集めて、それらをまとめて理論化して具現化できるようにイメージして、今やったようなエネルギーコントロールでもって現実に現す。すべてはこれに尽きる！」

「すごいわね、すごいけど……暇なのね」

「やかましいっ。これも仕事のうち、人知れずこのチカラで世の中を守ってるんだぞ」

「ええ、わかってるわよ」

「はい、じゃあやって」

「もっと、具体的な説明してよ」

「そうだなぁ、まず集中しやすいように手を胸の前あたりに持ってきて、リラックスして水晶玉を眺める。ボーッと、なんとなく見つめる感じ」

こうかな、とアカネはとりあえず、言われたままのことを試した。

「五感を束ねて、六感に集中して、それを高めていく感じだ。そして、イメージを水晶玉に映すようにするんだ」

「イメージね、さっきの煙みたいなのをイメージするのね」

「んー、というより、幽霊とか他人には視えないモノを視てるときと似ているかもな」

「どういうこと？」

「要するに、第六感とか霊感を発動しているときは、無意識のうちにエネルギーコントロールをしてるものなんだ。それをイメージから具体的に意識下で発動できるようにすると、この修行を終わらせることは簡単かもしれないな」

サトシは、そう言いながらデスクに戻り、イスに腰かけた。

「そんなこと言われても。幽霊とかそういうモノは視たくて視ているわけじゃないから……でもその感覚を反映させればいいってことなのかな？」

アカネは、水晶玉を見つめ感覚を研ぎ澄ませた。その様子にサトシは顔をほころばせ、溜まりに溜まっていた事務書類を手に取った。

書類をめくる音やキーボードを叩く音、ブツブツと何かをつぶやくサトシの独り言などがたまに聞こえるだけで、ほぼ無の時間が流れる。

と突如、空間に違和感が漂い始め、ピリッとした空気をサトシは感じた。

ピキッ、パキッ、パシッ……ポキ、ポキッ。

何かが事務所内に鳴り響き始めた。

「ん、なんだ？　ラップ音？」

サトシが、天井を見回しながらつぶやいた。アカネは、そんなことには気づかずに水晶玉に集中している。

すると、サトシの目の前にあったボールペンが宙に浮き始めた。次に、湯呑みの中のお茶が波紋を作りながらガタガタ揺れ始め、分厚い辞書や本などがパラパラと独りでにめくれていった。バラバラバラと書類が部屋中に散らばり、ロッカーや引き出しがバタンバタンと音を立てて、開いたり閉まったりしている。

「おう、ポルターガイスト。もしやアカネか。おいっ、アカネ、アカネしっかりしろっ」

叫びながら、サトシは騒々しく飛び交うものを避けてアカネに近づき、肩を揺すり呼びかけた。その間も相変わらず、ポルターガイスト現象が続いている。

戻ってこいっ、とサトシが呼びかけると、アカネは気を失いソファに力なく横たわってしまった。アカネの手から水晶玉が滑り落ちると、ポルターガイスト現象が止まった。事務所は、嵐が去ったあとのようにメチャクチャになってしまった。

「アカネ、アカネ、しっかりしろ」

サトシが何度かそう呼びかけると、アカネはゆっくりとまぶたを開いた。

「あれ……どうしちゃったの？　いつの間にか、アタシ眠っちゃったの？」

「違う、気を失ったんだ。周りを見てみろ」

「えっ、何があったの？　グッチャグチャじゃない。どうしたのよ、これ」

「どうしたのじゃないよ、キミがやったんだぞ」

「ウソよ、アタシ知らないわ、記憶にないもの」

「ポルターガイスト現象。キミが起こした現象の名称だ」

「ポルターガイスト現象？　あっ、聞いたことある。物が勝手に動いたりするやつでしょ。それをアタシが？」

「恐ろしいほどのエネルギーを発散させたんだな。そういう現象が起きるときは、キミぐらいの年齢の女の子がいるって聞いたことがあるけど。まさか、本物のポルターガイスト現象を体験できるとは。ただオレがキミに修得してもらいたかったのは、内側つまり体内のエネルギーを集約させて、コントロールする技だったんだけどなぁ。キミは、体外に向けてエネルギーを飛散させてしまったんだ」

「そんなこと聞いてないもん」

「ラップ音が聞こえた時点で止めるべきだった。それにしても凄まじいエネルギーだ。キミの内で歯止めがきかなくなったエネルギーが暴走して、肉体を守る防衛本能として気を失ってしまったんだなぁ」

「だって、初めてなんだもん。しょうがないでしょ」

「あぁ、わかってるよ。別に責めてるわけじゃない。まぁ、それをコントロールできるようになると、オレ以上のチカラを引き出すことができるかもしれないんだけどな」

「ホントに!?　アタシって天才かしら。さ、修得できるように続けましょ」

「あぁ、頑張ることは結構だが、まずは事務所内の片づけだ」

「もしかしたら、もう一度ポルターガイスト現象を起こせば、元の状態に戻るかも」

アカネは、いたずらな笑顔を浮かべてそうつぶやきながら、水晶玉を拾った。

調子に乗るな、とサトシはアカネの襟首の裾をつまみ上げ、ソファから立たせた。

それからは事務所内の片づけと、ついでに掃除を済ませると、その日は過ぎていった。


パキッ、ポキッ、とラップ音がしている。

テーブルを挟んでソファに座したサトシは、オカルト雑誌を読んでいた。その向かいでアカネが水晶玉を片手に集中している。

「よしっ、ちょっと休憩しなさい。エネルギーが外に漏れ始めてるから」

嵐を呼ぶ前兆を感じ、サトシはそのラップ音を合図にアカネを現実に引き戻す。

「どうしても外にエネルギーが流れていく感覚があるのよね」

「その壁を乗り越えられれば、何かつかめるかもしれないな」

そうかも、とアカネが返事をした。そして、急にデスクのほうに視線を向けた。すると数秒後、デスクの上に置いてあったサトシの携帯電話から、ちょっと前に流行ったメロディが流れ始めた。

「誰からだと思う?」

アカネは誰からの着信かわかっているらしく、それに気づいたサトシはデスクに向かって歩みながらそう訊いた。

「刑事さんね」

サトシは携帯電話をつかみ、ディスプレイを見た。その画面には〝とっつぁん〟と表示されている。正解、と一言アカネに告げ、サトシは電話に出た。うん、はい、などと返事をしながら会話をしているサトシを、アカネはボーッとした様子で眺めていた。電話を終えたサトシはデスクのイスに腰をかけ、アカネに事の次第を伝え始めた。

「明日の件なんだけどな、夕方にホウトウ村に到着できるように、昼前にここを出ることになった。途中で、とっつぁんと恐れの婆の二人と合流する」

「じゃあ、明日中には帰ってこられないわね。一泊ね」

「まぁ、夜は明けるだろうな」

「まさか、鬼退治は夜？」

「ご名答、夜になるな。いや〜、感受性が豊かっていうか、やっぱり鋭いな。夜のほうがなにかと都合がいいし、明日はちょうど満月」

「都合って、満月だからどうだっていうの？」

「夜だと、おそらく敵が自ら位置を知らせてくれるはずだし、なにより月が出ているとオレのチカラを発揮しやすかったりする。もっとも、敵も月のチカラでパワーアップする可能性はあるけどな」

「それじゃ、ダメじゃない」

「それは一部の鬼だし、恐れの婆もいるから、こっちが有利だと思う……たぶん、きっと、おそらく」

「その口調じゃ、期待はできないわね」

アカネは呆れたようにそう言って、また水晶玉を見つめた。力を抜き、フーッとため息をつくと、その瞬間、水晶玉にブラウニーが映ったような気がした。

いや、確かに映っていた。アカネは水晶玉を見ながら、サトシに問うた。

「ねぇ、所長、今ブラウニーはどこで、どうしてるの？」

「あぁ、先にホウトウ村に行って敵を捜してもらっている」

「うん、そうみたいね。今、水晶玉に映っているもの」

「ほぉ、それはテレパシー、いや遠隔透視。キミは助手として役に立つな。明日もその調子でやってもらうと、敵の発見に苦労しないかもな」

「いや、エネルギーコントロールの修得に支障が出るんですが」

「それは応用できるぞ。その光景は無意識で視ているはずだ。水晶玉はダミー。本当は、キミの頭の中で視ている事実なんだぞ」

「なんかわからないけど。そうね、視えてる、けど……」

「スイッチを切るようにイメージして、体内にエネルギーを循環させるようにしてみるんだ」

「その言葉を頭で理解することはできるんだけど……まぁやってみるわ」

「意識は集中しても、身体はリラックスするのがコツだ」

そんなサトシのアドバイスが耳に入っているのかどうか、アカネは水晶玉を見つめ続けている。

すると、次第に水晶玉の中にモヤモヤとしたモノが漂い始めた。しかし、それはすぐに消えて透き通った元の水晶玉に戻ってしまった。

「少しはつかんだかな」

「ちょっとね、ちょっとつかんだわ」

「それを継続していくと、エネルギーが循環してチカラがモヤとなって発現し、その色が変化していく。それが五色以上変化したらマスターした、と言えるだろうな」

「五色以上ね、今日中にマスターしてみせる！」

「はーい、頑張ってね。だけど、ちょっとずつやってくれ、昨日のことがあるから。もう散らかされるのはゴメンだ」

「でも、内側に循環させるっていう感じがわかったから、大丈夫だと思う」

「それならいいんだけど。まぁ、ラップ音も減ってきたようだしな」

よしっ、と気合いを入れて、アカネは水晶玉に視線を集中させた。サトシは、溜まっている書類に手を伸ばし事務処理を始めた。

しばらく、それぞれの時間が流れていた。サトシが事務処理をしていると、視界に違和感を覚え、顔を上げた。

サトシが目をやった先には、アカネの手の中でオーロラのように色とりどりに発光する水晶玉があった。アカネは一点をジッと見つめ、右手に水晶玉を乗せたまま、全身を硬直させてソファに座っている。

次々に色彩が変わる水晶玉、ジッと一点を見つめ硬直するアカネ。

「おいおい、まさか、また気絶してるのか。オイッ、アカネ、アカネっ」

サトシは立ち上がり、アカネに近づいた。そして、アカネの肩を揺すり呼びかけた。やはり、アカネは目を開けたまま気を失っているようだ。

サトシは、アカネの後頭部に手を当て、ゆっくり空気を吸い一気に吐き出した。サトシのエネルギーをアカネの体に流し込んだのだった。

その瞬間、水晶玉は床に転げ落ち、アカネは目を閉じソファに横になるように倒れ込んだ。アカネをそのまま寝かせ、サトシはまたデスクに戻り、事務仕事を始めた。

事務所の窓から、優しいオレンジ色の夕日が差し込んできた頃、アカネが目を覚ました。

「あれ、アタシ寝ちゃったのかな?」

「疲れたろ。明日のこともあるし、今日はもう帰りなさい」

「うん、なんかわからないけど、体中がダルいわ。なんでだろう……」

「体中でエネルギーを循環してるうちに、やはり圧力に耐えきれなくなって気を失ったんだろうな。まだコントロールできたとは言えないな。それが課題だけど」

「そう、また気を失ってしまったの……情けないわ」

「明日、足手まといになられるのが一番困る。だから、今日は素直に帰りなさい」

「そうね、そうさせてもらいます。でも、このままじゃ自分の身を守れないかもしれないわ」

「焦るな、オレもその能力開発に二年の歳月を費やしてるんだ。この短期間でそこまで修得できるとは、大したものだよ」

「でも……」

「物は考えようだ。ある程度のコツをつかんだということは、本番でチカラを発揮できるかもしれないし、よっぽど追い詰められたら、ポルターガイスト現象を使って身を守るという手もある」

「いやいやいや、そのポルターガイスト現象もコントロールできないし」

「そうじゃない、エネルギーを外に向けて放てばいい、ただそれだけのことだって」

「簡単に言ってくれるわね」

「なにはともあれ、今日はゆっくり体を休めて明日に備えなさい」

「はい、わかりました。お疲れさまでした」

　他人事だと思って、とでも言いたげな顔で返事をすると、アカネは帰っていった。

その後もサトシは余計なことを考えず、ただ淡々と事務処理を続けていた。

第三章　加速する因縁と事件

鬼退治決行日、サトシとアカネは予定通りにレンタカーを借り出発した。途中、山谷と恐れの婆を駅前で拾って目的地に向かう。サトシが運転、助手席に山谷、後部座席にアカネと恐れの婆を乗せ、順調にナビの指示に従い疾走していた。

「ほいで、探偵坊や、こんな娘さんを鬼のいる場に連れてって大丈夫かい？」

不意に、恐れの婆がサトシに訊いた。

「まぁ、リスクはあるだろうな」

「そりゃそうだろ、現場の近くでは住民を避難させてある。そこに、アカネちゃんを連れていくということは、飛んで火に入る夏の虫だ」

「まさか、おとりに使う気じゃあるまいて」

「いいのよ、お婆ちゃん。アタシが連れていってほしいって言ったんだから」

「そうかい。まぁ、後ろの人もそれを望んで探偵坊やに出会わせたようじゃしな」

アカネは一つの単語に引っかかり、横に顔を向けた。そして、一拍置いて訊いた。

「お婆ちゃん、後ろの人って？」

「娘さんの父ちゃんじゃよ」

「えっ、お婆ちゃんには視えているの？　アタシのお父さんの姿。何か言ってる？」

「おっ、イタコの能力発揮か、興味あるな」

　山谷が、それまでの会話を聞いて、興味津々な様子でそう言った。

「不慮の事故で死を迎えたのは残念じゃったのぅ。じゃが、死を受け入れて然るべき世界で見守っておる。娘さんの成長は、魂の状態でちゃんと見ておるから安心せぃ」

「一回くらい、お別れを言ってから成仏してもよかったんじゃない」

　アカネはすねたような口調で言った。

「父ちゃんは、娘さんには視えないモノが視えているということを知ってたんじゃ。余計な心配をかけまいと姿を現さない、あの世からサポートしようと決めているようじゃのぅ。父ちゃんがいなくなったという現実を受け入れてほしいと、あえてのことじゃ」

「そうなんだ、そうかもね。お父さんがお別れに来たら、それを受け入れられなかったかもしれないし、現実を信じることができなかったかも」

「お父さんの優しさなんだな」

　山谷が、静かに言った。

「そういうことだったのね、あぁ、なんかスッキリしたわ」

「いいかい、いずれは我々もそっちの世界に行くわけじゃろ。何のために、どう生きていくか、ということも大事じゃぞ。己が世界を動かす、というくらいの気持ちで生きなくてはいかん。そうすると、霊界の住人すらも動かせるようになる。そう思って小さなことを積み重ねていく、それが肝心なんじゃて。ワシは、世界の幸せのために己自身を活かし、一人ひとりを導く仕事をしておる。できる限り生涯現役と決めてじゃ」

「ステキね。アタシ、その言葉を大事にして将来のことを考えてみる。ありがとう、お婆ちゃん。お父さんもありがとう」

アカネがそう言い手を合わせている様子を、サトシはバックミラー越しに見ていた。

「あれ？　恐れの婆この前、引退どうのこうのって、言ってなかったっけ？」

「やめろサトシ。いい話をしている最中に水を差すな」

山谷は、サトシをいさめるように言った。

すると、アカネと恐れの婆が何かを感じたように顔を見合わせた。

「感じたことを言ぅてみ」

恐れの婆が、アカネにそううながした。

「うん、刑事さんの携帯に電話がかかってくるわ。頭の中が、数字だらけの人からよ」

そう言われ、山谷は全面ディスプレイのタッチパネル式で最新型の精密機械を取り出した。

「いや、着信は入ってないぞ」

「かかってくる。それはな、数学の学者先生からじゃな」

「えっ？　まさか西のエージェントの青井教授から電話がかかってくるっていうのか」

　そう山谷が言い終えた瞬間、山谷のスマートフォンが振動した。着信相手の名前が〝青井カズヤ〟となっていた。本当だ、青井教授からだと驚きつつも、山谷は電話に出た。

　しばらく、車内は山谷の電話応対の声だけがこだましていた。

「はい、わかりました。そうしたいと思います、それからは追って連絡します……ええ、ただ、まぁ――そうなるでしょうね。はい、そうしましょう。ええ、それはこっちでどうにかします。その時は、よろしくお願いします。はい、それじゃ、失礼します」

　少々の間を置いて、山谷は電話を切った。

　教授はなんて？　とサトシは待ちきれない様子で訊いた。

「あぁ、話してもいいが、動揺して事故起こすなよ」

「えぇっ、そんなに危険な内容なの？」

　後部座席からアカネがそう訊いた。

「まさか、影崎トオルの話じゃあるまいだろうに」

サトシは、冗談半分のつもりでそう言った。

「そのまさかだ！　青井教授の話だと、今回の事件に影崎が関わっているかもしれない」

「おいおいちょっと……とっつぁん、詳しく話す前に運転代わってくれないか。怒り、悲しみ、動揺で体中が震えてきそうだぜ」

あぁわかった、と山谷が返事をした。

サトシが適当なところにハザードを出して車を止めると、運転席と助手席の二人が車から降り入れ替わった。

助手席に座ったサトシは、感情を抑えようとしているが、心なしか肩が震えている。

運転手に交代した山谷は、アクセルを軽く踏み車を走らせた。

やがて車もスピードに乗った頃、山谷が口を開いた。

「青井教授の見解だと十中八九、今回の件、影崎が関わってるって話だ。なんでもな、今回の事件のことをテレビで観て――まぁ、マスコミには女子大生が殺害されたことくらいしか発表されていないがな、教授独自で作成したプロファイリングの資料と照らし合わせたらしい」

「影崎って誰？　知り合い……ってわけでもなさそうね」

「オレと因縁、いや悪縁の鎖でつながっている男さ」

「まさか黒幕……それにしても青井って人、数学の大学教授なのに、テレビの情報だけでプロファイリング？　なんか、ミステリードラマの主人公みたいね」

アカネは、そう感想を述べた。それにサトシが首を振り答えを返した。

「一般常識で考えられるものじゃない。教授が発明した機械があってな。なんでも情報をすべて数字化して、コンピューターに入力すると、イメージが文章になって出力される装置らしい。詳しい仕組みはわからないけど、なんかそうすると、答えが出るんだって。専門用語でアカシックレコード、いいや、オレからすると、ウィジャ盤かタロットカードと同じようなものだな」

占い道具？　とアカネが訊く。

「結局は、可能性の世界から抜け出せないものだからな」

サトシがそう言い終えた直後、それまで様子をうかがっていた山谷が言葉をつないだ。

「解説中に悪いが、青井教授からの話をもう少しさせてくれ」

「あぁ、それでなんだって？」

「青井教授は〝女子大生が犠牲は鬼〟と回答を得たらしい。そして〝畜生道エネルギー背後に地獄道〟という文章が出たという」

「マジかよ。少なくともオレが知ってる限り、地獄道のエネルギーとつながれるヤツは、影崎しかいない。今回の事件の裏に影崎がいるってのか。なんてこった。だが、ヤツは何を企んでるんだ」

サトシは、冷静さを少し取り戻したような発言をした。そして、それに関する話を恐れの婆が解説し始めた。

「六道最下層の地獄道とつながった者は、負の世界のチカラを自由自在に操れるという」

「六道の負の世界？　っていうと、修羅道、畜生道、地獄道……」

アカネは、首折り指折り思い出しつぶやいていた。

「修羅道、畜生道、餓鬼道、地獄道。それらのチカラをこの現実世界で自由に出し入れできるとなると、秩序が乱れてしまうわぃ」

「でも、所長の天道とつながれるチカラっていうのも、同じことが言えるんじゃないの？」

「痛いところを突くな。まぁ、一理ある」

「その通りじゃ。じゃが、地獄道とつながれた者はな、人間の闇に溶け込み、人間の悪を掌握し、人間の影を地獄に引きずり込む。誰でも人の心の中には闇があるものじゃ、その闇の基準に合わせて餓鬼道や畜生道につなげることができるってことじゃな」

「そんなことができるんだったら……日本国民、一億総鬼化ってこと？　大変ね」

「アカネちゃん、そんな他人事みたいなこと言ってる場合じゃないよ。X課の仕事を勝手に増やさないでくれよ」

「じゃあ、恐れの婆は、影崎が今回の事件で犬山の闇を地獄道のチカラで鬼に変えたと、そう考えているのか？」

「うむ、何とも言えん」

「たしか、犬山って十年前に四人の女性を殺害して、指名手配になってるって言ってたっけ？　その最初の事件のときか、それ以前から影崎と接点があったのかな？　それとも前回と今回の事件は別物かしら」

　アカネが、親指と人差し指であごを挟むようにして言った。

「それはわからんが、今回の事件現場付近に地獄道とつながった者がうろついておったはずじゃ」

「影崎がうろついていたってか。だとして、恐れの婆は影崎がそこで何をしてたと思う？」

「地獄道のチカラは未知数じゃ。地獄道とつながり、そのチカラを使いこなした者は滅多におらん。少なくともワシが生きてきた中では聞いたことがないわぃ。もしそのチカラに飲み込まれず、自らのモノにしたとなると……そのチカラのことに関してはワシもわからないことが多い、なにせ文献にも残っておらんのじゃからのぉ、推測の領域でしか。何とも言えんわぃ」

「お婆ちゃんでもわからないことがあるのね」

「生き字引がわからないとなると、俺たちもお手あげってとこだな。どうする、サトシ？」

「まずは犬山の件を片づけることが先決だ。だけど、ツクシを救い出すため、影崎のことは何年も追いかけているんだ、どれだけ時間がかかってもオレは……追いかけるぜ」

「ま、今さら、って感じだな。昔の俺の担当案件だ、とことんつきあうぞ」

山谷は、助手席のサトシをチラッと見てそう意気込んだ。

「ツクシのためとか、何年かかってもとか、昔のとか、影崎って人とどんだけ大きな因縁があるのよ。所長の過去にいったい何があったの？」

アカネが状況を把握しようと、疑問を投げかけた。

「探偵坊や、過去の辛さを未来に前進させるためにも、お前さんの口から話してやれ」

恐れの婆は、サトシにそううながした。

「そ、そうだな。ツクシは、オレの元彼女なんだ、高校時代のな。ツクシはある事件に巻き込まれて……死んだ、殺されたんだ。ヤツはそれに関わっていた、いや、主犯が影崎だった」

それを引き継ぎ、山谷が語った。

「俺は当時の捜査担当でな、サトシの恋人だった春竹ツクシは二人目の被害者だった。次の被害が出ないように必死に捜査を進めていたんだ。しかし、その後も影崎によると思われる被害者が出てしまった」

「憤ったのは、模倣犯も現れたってことだ。実に陰惨な事件だった。オレもまだ、霊能力が開花していなかったし、悲しみと怒りでいっぱいだった。とっつぁんに励まされたりしてなんとか立ち直ることができたけどな。まぁ、とっつぁんがいなかったらオレも負の世界とつながっていたかもしれない。なんていうか、復讐者になって、報復だとかで人を殺めていたかもしれない。とっつぁん、ありがとな」

「いや、辛かったとは思うが、俺は全力でやれることをやっただけのことだ。だが、その時わかった情報は、主犯の名前、影崎トオルってことだけ。春竹ツクシを殺害後、模倣犯が現れたり、影崎は行方をくらまして足どりを見失ってしまったり、散々だったな」

「正直言って、とっつぁんたち警察の対応も遅かったし、犯人の行方もわからなくなって、全国指名手配になっても、情報はほとんどあてにならないようなものばっかりだった。だからオレは、影崎の行方を追い、罪を償わせたくて警察官になると決めた」

「確かに初動捜査が甘かったり、連絡の行き違いがあったり、こっちのミスなどで混乱したり不手際があったのは事実。そのあたりは、申し訳なく思ってる」

山谷は、静かにそう謝罪の言葉を口にした。

「ねぇ、その、ツクシさんと交信とかはできないの？」

アカネが、隣の席の恐れの婆に訊いた。

「それが無理なのじゃ」

「どうしてよ」

「そう、無理なんだ。オレが刑事になって、第六感、霊能力にも目覚めた頃に恐れの婆と出会った。ある事件の捜査協力で、恐れの婆に話を聞いた。まぁ、オレ的にはそんなつもりはなかったんだが、いつしかオレの過去に話が向いていった。そこで、ツクシのことをオレは恐れの婆に訊いた。ツクシの思いを知りたかったんだけど、ツクシは恐れの婆が交信できる場所にいなかった」

「そうなのじゃ。普通はな、この世に未練を残して現世をさまよい、ある程度地獄の深い場所にいても、写真や生前身に着けていたモノなどがあれば、大抵の場合は死者の魂の波動から交信できる。じゃが、どんなに交信をしようと思っても、その娘さんと同じ一連の事件に巻き込まれた者たちの魂のどれとも交信ができなかった。

そういう場合、何かのチカラによって意図的に、どこかワシも知らないほど深い地獄の最下層に幽閉されているとしか思いが至らない。要するに魂をどこかに監禁しているとしか考えられないんじゃ。それができるのは地獄道とつながれる能力の持ち主だけじゃろうな、おそらく」

「なによそれ、卑怯じゃない。まるで人質を取っているようだわ」

「人質というより生贄。オレは、それを知って警察官を辞めた。影崎を追うことに集中すること、己の能力を高めることや地獄道のことなどを知っていく時間が必要だと思ったからな」

「へぇ、そうだったの。ただのオカルトオタクだったわけじゃなかったのね」

「鬼退治に関わるようになってから、探偵坊やの能力は確実に高まっている。地獄道の者が手強い相手だということは間違いなかろう。じゃが、探偵坊やの今のチカラならば互角かそれ以上にもなるじゃろ。ただ、ワシも含め探偵坊やも刑事さんも、なぜか地獄道の者の足どりをつかみあぐねていた」

「そう、普通だと恐れの婆だったら、影崎の魂のエネルギーを読んで大雑把な現在地を感じとったり、とっつぁんの警察の情報網に引っかかったり、ダウジングで捜したり、手段はいろいろあるんだが、その手がかりがまったくつかめない。何というか、この人間が住む現実世界に影崎の実体がない、そんな感じだな」

「ホントよのぅ。その者は完全に地獄道とつながっておるというか、地獄道に住んでいるとでもいうのか、まるでお天道様でも目につかない、そんなところにいるようじゃて」

「神や仏も知り得ない遠く及ばないような場所から、影崎がシッポを見せたってことか」

　山谷がそう総括した。

「まさか大学の、しかも数学の教授がその手がかりを見つけるなんてね。アタシ、数学なんて日常生活では何の役に立つのかなと思っていたけど、オカルト染みた話に応用しているなんて、アタシの常識では追いつかないわ」

「世間一般の常識なんて人間心理作用の一部の共通部分にしか過ぎないし、そんなの何の根拠もない幻だ。考え方によっちゃ、この世で秩序を乱さないための人類共通のルールということになるかもしれない。だけど、一つの答えを導くためには数学という学問はかなり使えるものだ。もっとも最終的には、可能性の領域を抜け出せない、とオレは考えてるけどな」

サトシは、そう自論を述べた。

「広い選択肢を少数に絞るためには役に立つ、って話だな」

山谷が補足すると、ポンッとカーナビから音が鳴った。車内に目的地付近らしいアナウンスが流れた。

三十分ほど前からサトシたちは、周囲が木々の壁で覆われているように薄暗く、舗装もされていない場所に踏みこんでいた。

山谷は、もう一度カーナビを操作しようと車を止めた。

「刑事さん、この辺りなの？　現場って」

アカネが訊いた。

「うーん、ナビはそう言ってるんだが……」

山谷は、さらに詳しい場所を検索しようと、カーナビを操作しながらそう言った。

「無駄じゃ、もう敵の手中に入っておる」

恐れの婆がつぶやいた。

するとカーナビに映る地図が歪み、まるでひと昔前の深夜にテレビ放送終了を告げるかのような砂嵐が画面を襲った。その後、カーナビは磁場の歪みで気絶したかのようにプッツリと動かなくなってしまった。

「グレムリン現象か？　いや、この辺は異常な磁場が発生しているせいかもしれない。まあ、心霊スポットにはよくあることだ。あとは、勘で進むしかないかもな」

サトシが山谷にそう話すと、恐れの婆があっけらかんと言った。

「そんな機械に頼らなくても向こうがワシらを呼んでいるんじゃ、何らかの形で必ず目的の地には着けるはずじゃ。だが、ワシが心配せんでも探偵坊やが抜かりなく準備してあるのじゃろぅ。のぅ」

「まぁな、でもどこまでやってくれるか。とっつぁん、この道なりにもうちょっと車を走らせてくれないか。おそらく、この一本道が最終目的地まで続いているはずだ。あとのことは、それからだ」

わかった、とサトシに返して山谷は再度車を走らせた。舗装されていない悪路のため、車が揺れたり跳ねたりしている。

しばらく、山谷は轍の上を走らせていた。

「とっつぁん、そろそろどっか適当に止めてくれ」

わかった、と山谷が返事をした瞬間、パッと急に道が開け広場に出た。そこで道は行き止まりで、恐れの婆いわく、土地の神社かなにかの建物があった場所だろうということだった。

そこに山谷が車を停車させると、それぞれが車から降り、四人が誰からともなく横一列に並んだ。

陽は、もう低い位置に沈んでいた。空の一部が、薄くオレンジのような色に染まり、光を失った方角の空に星が寂しげにポツン、ポツンと浮いていた。

「さっ、これからどうするんだ？」

山谷が、先のうっそうと茂る林を見つめそう言った。

「おっ、案内人のご登場です」

サトシが下に視線をやると、そこにひょこっと、ブラウニーが現れた。

「ブラウニーが案内役なのね。ご苦労さま」

アカネは、ブラウニーの前にしゃがんで、労いの言葉をかけた。

「もうすぐ陽が沈みそうだ。夜か、大丈夫なんだよな？」

心配そうに山谷がサトシに訊いた。

「今日を逃すともうチャンスがないようなものだ、やってやるさ」

「お、おぉ、そうだな」

ところで例のモノの準備はいいか？　と、サトシは恐れの婆にそう確認した。

「それは心配せんでもいい、探偵坊やも準備しておいたほうがいいんじゃないのかい」

「そうだな。アカネ、クリスタル出してもらえるか」

ハイ、とアカネは返事をし、リュックから六角柱で片方が鉛筆の先のようにカットされたクリスタルを取り出し、サトシに手渡した。

「俺も準備しておくか」

山谷も独り言のようにつぶやき、ジャケットの内ポケットからメガネを取り出し、それをかけた。鬼を視るための必需品だ。

メガネをかけた山谷は、なぜか胡散臭いドラマの刑事役のような感じになってしまう。

「とっつぁんも準備できたようだし、さぁブラウニー案内してくれ」

サトシがブラウニーに声をかけると、コクリと首を縦に振り、ピョンピョンと飛び跳ねるように進み始めた。

山谷、サトシがブラウニーのあとに続いて歩き始めた。

「あまり急がんでくれ、ワシは年寄りなんじゃからのぅ」

「大丈夫よ、アタシがフォローするから」

アカネが、恐れの婆の背中に手を当てて言った。恐れの婆とアカネの二人もサトシたちのあとに続いた。

普段、歩き慣れない土の上。木々の間を埋めるように、足首の上くらいまでの雑草が周囲を埋め尽くしている。

「考えてみたらこういう場所、あんまり歩いたことないわ。学校の課外授業で行ったハイキングとかそういうのだけかも。よかった、お気に入りのスニーカー履いてこなくて」

アカネが、土の感触を確かめながら言った。

「都会生まれ、都会育ちのお嬢さんか。そんなことで恐れの婆のフォローができるのかよ」

サトシがそう言うと、山谷がハハハと笑った。

なによー、とアカネが拗ねたように前を歩く男二人の背中に返した。

「ワシらの子どもの頃はほとんど土の道じゃった。今となっては土の道を探すほうが難しくなったからのぅ。それはそれで便利なんじゃが、なんとも寂しい限りじゃ」

恐れの婆がそう語った。

「でも影崎は、なんで地獄道？　みたいな強大なチカラとつながることができたのかしら」

「人を殺める心境なんて、アカネは知らなくていい。それに人の心の重さや痛みなんて当の本人にしかわからない……簡単に他人の深い闇、業なんて背負うもんじゃないぞ。お人好しじゃあるまいし」

「俺はそのお人好しを知ってるけどな」

「オレは専門家だからいいの！　アカネは経験してるだろ、人に理解してもらえない、ってこと」

「そうだけど、影崎っていう人にも何かきっかけがあったはずでしょ？」

「あったじゃろうな。しかし、それは本人にしかわからんじゃろうて」

「影崎自身の過去にどんな動機があったのか、それは知らない。どっちが善でどっちが悪かもホントのところはよくわからんしな。オレの目の前には、影崎が地獄道とつながったという結果がある。影崎には個人的な因縁はあれど、鬼退治に関しては六道の秩序を保つために尽力する、ただそれだけ」

「そ、そうね。ごめんなさい、ふと疑問に思ったから……」

それからは、また無言で先を急いだ。ときどきブラウニーは立ち止まったり、振り返り四人を待ったり、道を確認するように周囲を見回したりしながら進んだ。

周囲が暗くなってきた。ブラウニーの全身の輪郭が、心なしかボワーッと発光しているように見えている。

さらに、林の奥へと進んでいく。すると、不意にサトシが足を止め、ほかの三人を静止させた。

「どうしたの？」

「奥で何かが動いた気がした、こっからは慎重に進むぞ」

こっちを向いていたブラウニーに、サトシはまた進むよう目で合図を送った。ブラウニーは首を縦に振り、また案内を始めた。四人はそれに続き、周囲を警戒しながら歩き始める。

ガサッ、ガサガサッ。

木々が風で揺れる音なのか、それとも何かがいるのか、神経を研ぎ澄ませ気配を探る。

その時、先を行くブラウニーに異変が起こった。

なんと、ブラウニーが強く光りだし、閃光とともに爆発し光の粒となって吹き飛んでしまった。そして光の粒は、辺りに散らばり消滅してしまった。

ブラウニーっ、とサトシは叫んだ。

「えぇっ、ウソッ、どうなっちゃったの⁉」

結界じゃな、と恐れの婆が説明した。

「結界？　この先に犬山がいるのか。結界を張ったのは犬山か」

山谷は、そう推理した。

「あぁ、誰かいるのは間違いないな。だけど犬山、いや畜生道とつながれただけで結界なんて作るチカラがあるとは思えない。どう考える、恐れの婆」

「畜生ごときにそんなことができるわけがない。つまり、裏で地獄道の人間が何か悪さをしておる、ということじゃろ」

「要するに、影崎が結界を作って犬山を手助けしてるってこと？」

アカネがそう疑問を口にした。

「手助けしているというよりも、影崎が何かを企んでいると考えたほうが妥当なのかもしれないな」

「どういうことだ、サトシ」

「さぁ、そこまではわからない。今は、この結界を解いて鬼退治するしかないだろうな」

「よ、よし、そのためにここまで来たんだからな」

山谷は腹を決めたように言い、その先を見つめた。

「ところで、ブラウニーはどうなっちゃったの？」

「ブラウニーのことはどうだっていい。それより恐れの婆、この結界を解除することができるか？」

「どれ、久しぶりにやってみるかのぉ」

恐れの婆は、そう言って結界の前に歩み出てきた。そして合掌し、何かを唱え始めた。その後、人差し指と中指を立て、宙に文字でも書くように素早く動かし、〝エイッ〟という掛け声とともに空間を斬り裂くように腕を振り下ろした。

「終わったぞぃ。さ、行くぞ」

そう言って、恐れの婆は歩き始めた。

「あっさりね、とくに派手さもなく。さすがプロは違うわね」

「そんなもんだって、意外と現実は地味なものさ」

サトシはそうアカネに言うと、恐れの婆に続いた。

「急ごう、心配しなくてもこれから派手なモノが見られるさ」

山谷もそう言い、続いて歩き出した。

「そ、そうね。まだ何も始まってないのよね……あ、待ってよ」

アカネは、小走りでみんなを追いかけた。

それから間もなくすると、四人の行く手にポッと、小さな光が浮いていた。どうもライトのような人工の光とは違うようだ。四人は立ち止まり、その光の様子をうかがった。

ヒトダマ？　と小さくアカネがつぶやいた。

「いいや違う、狐火《きつねび》じゃ。ははぁ、お出ましじゃ」

「狐火？　畜生道とつながって犬山はキツネに化けたか。オレはてっきりオオカミになったと思っていたんだけどな」

サトシがそう首をかしげた。狐火が二つ、一メートルほどの距離をあけ宙に浮いている。突然、その中間に人の形状の影が浮かび上がった。

「誰だっ、犬山かっ？」

山谷がその人影に呼びかけた。その声に影が姿を現し、答えた。

「犬山？　アニキのことですか。アニキは人気者ですね。マスターにも可愛がられて、今度は四人の来客ですか」

　そう言ったその姿は、犬山ではなかった。手配書の写真とはまるで違い、目が少し吊り上がり、横長の四角いメガネをかけている。黄色いTシャツ、ジーンズ姿のラフな格好の青年だった。

「マスターって誰？　っていうか、アナタは誰？」

　アカネがつぶやくように言ったが、その声は恐れの婆の発言にかき消されてしまった。

「おぬし、狐憑きか。これは厄介な」

「狐憑きとは、誉め言葉と受け取っておきましょう。僕は高居戸《たかいど》セイ。アニキと同じ大学のただの後輩です」

「なんだと、今回の女子大生殺害事件の共犯者か？」

　山谷が訊いた。

「いいえ、やったのはアニキだけです。僕は、関わっていませんよ」

「じゃあ、なぜお前はここにいる？」

　サトシが問う。

「アニキが人に戻るために協力しているのです」

「おぬしじゃな、あの結界を周囲に張り巡らせていたのは」

「そうですよ、あんな結界は、気休めのようなものです。侵入者を知らせるための警報装置ってところですかね。ところで、どういったご用件ですか？」

「警察だ。今回の女子大生殺害の容疑者、犬山に会わせてもらおうか。令状もあるんだ」

山谷は、懐から警察手帳と逮捕状を取り出した。

「ほほう、刑事さんですか。アニキは今、チカラを封じる儀式の最中です。お渡しするつもりはございません。どうしても、とおっしゃるのならチカラづくでどうぞ。と言いたいところですが、あなた方に何ができるというのですか」

「ちっくしょう、バカにしやがって、くそっ」

山谷は、そう怒りを口にした。

「だってそうじゃないですか、こんな常識を逸脱したこと、誰も信じないでしょう？」

「なんだってぇ。まぁいい、犬山のことを庇うと、お前も犯人蔵匿罪で逮捕するぞ」

「それで脅しているつもりですか。刑事さんは、僕に指一本触れることはできませんよ」

「なんだとぉ」

「やめろ、とっつぁん、話し合いで解決できる相手だと思ってるのかよ。チカラづくでって言ってるんだ、そうしようじゃないか」

サトシが、クリスタルを手に高居戸の前に歩み出た。

「ほぉ、あなたは僕とやり合えるチカラを持っているらしいですね。僕の血筋と、マスターから引き出してもらったこのチカラには及ばないと思いますがね」

高居戸は不敵な笑みを浮かべ、目の前に対峙するサトシに言った。

「もったいないな、キミなら鬼退治できるだけのいいモノ、持ってるのにな。ところで、マスターって誰だ？」

サトシは、後頭部をポリポリとかきながらそう訊いた。

「探偵坊や、思い出したぞぃ。高居戸――どこかで聞いたことがある名前だと思っておったら、稲荷を祀る神社、陰陽師系の流れを汲む、ある神社宮司の名字が高居戸。おぬし、その神社のせがれじゃな」

恐れの婆は、そう解説した。

「血筋、そういうことか」

「そうですよ。僕の家系で祀る稲荷神のチカラを僕は操れる。いや、マスターが僕の才能を引き出してくれたんです。どうですか、すごいでしょ、このチカラ」

そう言って高居戸は、両手の上でポッと火を灯した。

「狐火ね。それで、誰なのよっ、そのマスターって」

ずれかけていた話を元に戻すように、アカネが訊いた。

「マスター、その名は、か――」

「影崎……だろ」

高居戸に声を被せるように、サトシが言った。

「なんだ、知っていたんですか。人が悪いな、わかってたのに訊いたんですか？」

「一つ解決、スッキリしたぜ。さぁ、そこを通してもらう、そして犬山のところまで案内してもらおうか。もちろん、チカラづくでやるがな」

「フフフッ、おもしろい、相手になりましょう」

高居戸は、ニヤッと余裕の表情で返した。

「探偵坊や、そのキツネ坊やは鬼じゃない。そのことを忘れるでないぞ」

恐れの婆が、サトシの背中に言った。

「あぁ、わかってる。とっつぁん、二人を頼む」

おう、と山谷は二人を庇うようにしながら少し下がって、サトシを見守った。

「お婆ちゃん、鬼と違うってどういうこと？」

アカネが恐れの婆に疑問をぶつけた。

「ワシらが言う鬼というのは、あの世、死者の世界である六道世界のエネルギーが人間の闇と混ざり合い、それが人間の身体を支配している状態のことなのじゃ。しかしのぅ、あのキツネ坊やは、探偵坊ややワシや娘さんと同じ霊能力を持ちそれを操る者、つまりは普通の人間。じゃが、あのキツネ坊やは並みの霊能力じゃない、下手をすると探偵坊や以上かもしれんのぅ」

「所長より上なの？　そんなチカラを持ってるのに、なぜ」

「どうやらヤツのは段階を経ないで引き出されたチカラ。しかし、それが吉と出るか凶と出るか。まだ探偵坊やにも勝ち目はあるはずじゃ」

恐れの婆は、対峙する二人をキッと見つめ言った。

サトシは、おもむろにクリスタルを上に放り投げ、両手を組み『マゥ』と発声し、さらに続けた。

「オン・マカキャラヤ・ソワカ、大黒の剣」

サトシがマントラを唱えると、クリスタルが光とともに刃渡り七十センチほどの剣に変わった。

「わかりました、僕のチカラを見せてあげましょう」

えいっ、と高居戸が気合いを入れると、両手の上に狐火が灯った。と次の瞬間、狐火が刃渡り三十センチほどの二本のナイフに形を変え、それを胸の前でクロスさせるようにして構えた。

「へぇ、エクトプラズムと霊力で実体化させたナイフか。ますます影崎の側についていることがもったいなく思える人材だ。でもそんな高等なマネができるのはいいけど、体力使うだろ。オレでさえ、クリスタルを媒介にして、天道のチカラを実体化させるのに苦労してるんだからな」

「あなたと一緒にしないでください、僕には無限のチカラがある。ははは
っ、この妖狐の爪であなたを斬り刻んであげましょう」

高居戸は目を吊り上げ、ハサミのようにクロスさせた二本のナイフの切っ先をサトシに向け襲いかかった。

サトシは、クロスしたナイフの中央に剣を挟むようにして受け止めた。高居戸は右のナイフの向きを変えサトシの剣を受け止めたまま、左のナイフをサトシの右胸に向けて突き出した。

サトシはその攻撃に対し、右足を引き、体を横にかわし、受け止めていたナイフも勢いよく押し返した。そして、素早く間合いをとった。

「闘い慣れてはいないようだな、ちょっと焦ったのか？　右胸を狙ったってオレの息の根を止めることはできないぞ」

サトシが煽るように言った。

「これでいいのです。なぜなら、ちょっとずつ傷をつけて、ジワジワと弱らせていくことが僕の狙いなのですから」

「なんと卑劣な、こりゃ手こずるかもしれないな。鬼と闘ってるのとはわけが違う」

山谷がそう口にした。

「とっつぁん、それは違うぜ。人の思考だからこそ読みやすい。なぜなら、人には理性があるから」

「強がりを言っていられるのも今のうちですよ。言っておきますが、このナイフは厄介なものですよ」

「厄介だ？　毒でも塗ってあるのか」

「似たようなものです。少しでもかすったら傷口から狐火の波動が注入され、体内から焼き尽くしていきます。ですから、少しあなたに傷をつけられればそれでいいのです」

「そいつは手強いな。だけど、お兄さんをなめちゃいけないよ」

サトシは間を詰め、剣を振り下ろした。高居戸は、最小限の動きで刀身をかわし、サトシの後ろに回り込んだ。そして、サトシの背に、高居戸が斬りつけた。

宙を斬り裂き目標を失ったサトシは、剣の重みを利用して足の力を抜き、身体を反転させ、膝を地面につき、剣を横一文に掲げ頭上で高居戸のナイフを受け止めた。素早く立ち上がる勢いを利用して、受け止めていたナイフを突き離した。が、高居戸は、もう一本のナイフで刺突を繰り出してきた。しかし、サトシは後ろに飛び退き、それをかわし続けた。

一進一退の攻防が繰り広げられる。さらにまた、二人はつばぜり合いを演じた。そして、お互いに距離を測るように離れる。それの繰り返しだった。互角の闘いか、山谷はその光景を見てつぶやいた。

「いいや、探偵坊やのほうが不利じゃ。相手は人間、鬼とは違う。だからこそ一歩斬りこむことができない、傷をつけてしまうことを恐れているんじゃな」

「そうか、確かにそうだな、斬りこんだら確実に相手を殺してしまう。だが、このままというわけにもいかないだろ」

「うむ、今の探偵坊やの闘い方を見ていて、何か策があるとは到底思えんわぃ」

「そうね、攻撃するふりをして防御に徹する、って感じの闘い方に見えるわ」

アカネがそう感想を述べた。そんな会話が聞こえてか、高居戸がサトシを挑発するように言った。

「どうしました、そんなことではアニキのところには到底たどり着けませんよ」

「そうだな、チカラづくじゃダメなんだな。よし、わかった。ちょっと頭を使うか」

そう言うと、サトシは構えていた剣の切っ先を下に向けた。

「いいんですか、無防備ですよ」

その高居戸の問いに、サトシは無言を貫いた。

二人の間に無の時間が流れた。が、それを破るように高居戸が攻撃を仕掛けてきた。両手に握られた小刀を振りかぶり、サトシに襲いかかる。

「何してるの、危ないっ」

と、アカネが叫んだ。その声は、木々の間にこだまし、林の中を走っていった。

高居戸の攻撃が頭上に迫った。サトシは、少し腰をかがめてそれに対応した。同時に剣を横にし、二本のナイフを受け止めた。

「もう勝負は捨てたのかと思いましたよ」

高居戸は、攻撃を止められたままの状態で、サトシにそう言った。

「バカやろう、そんなわけあるか。言っただろ、ちょっと頭を使っただけだ」

サトシはそう答えて、グッと前に高居戸を押し戻した。高居戸は、そのチカラによろめき後退した。また、二人に間ができた。

「お前、その稲荷神のチカラが好きか？」

不意にサトシは、高居戸にそう問う。

「愚問ですね、このチカラは素晴らしいものですよ」

「チカラは、小さい頃から使えていたのか？」

サトシは攻撃の構えを維持したまま、さらに訊いた。

「ええ、幼い頃から自分には不思議なチカラがあるとは思っていました」

「たとえば？」

「神社の使役霊である稲荷の精霊と交信できました」

「それだけか」

「それがきっかけで、マスターに魅入られて、このチカラを引き出してもらったのです」

高居戸の構えていた切っ先が少し下がった。

「そうか、そういうことか。アカネっ、チカラを引き出せるように集中しておけよ」

今度は、サトシの後ろで見守っていたアカネにそう声をかけた。

「へ？　えっ、ええ、わかりました」

アカネはわけもわからないまま、そう返答した。

「恐れの婆、例のモノは何枚ある？」

次いでサトシは、恐れの婆に問いかけた。

「あの短時間じゃ、一枚しか用意しておらん」

「何かで代用はできないか？」

「無理言うでない、そう簡単にできるものじゃないて」

「だよな。じゃあ、一時的に封じることは？」

サトシが、恐れの婆にそう訊いた瞬間、高居戸がまた攻撃を仕掛けてきた。サトシは、それに的確に対応した。

「何をごちゃごちゃと、早く僕を倒してみたらどうです」

「そうしようと思ってな、準備してたところだ。ま、そう焦るなって」

そう言って、サトシは高居戸を突き飛ばした。その合間を縫って、恐れの婆がサトシに問いの答えを返した。

「できないこともないが。本当に一時的、いや一瞬だけ縛ることしかできんぞ」

「それでいい。いつでもそいつを発動できる状態にしておいてくれ」

あぁ、と恐れの婆は返事をした。

「高居戸、ほかにはどんなチカラがあるんだ。まさか、そんなちっぽけなナイフを実体化するだけしかない、わけじゃないだろ。なんか、もっとド派手な技とか見せてくれよ」

　サトシは、高居戸をそう煽った。

「これで充分じゃないですか。これだけでも、あなたは手こずっているのですから」

「そう言わずに、オレみたいな相手には滅多に出会えないぞ、試してみたくないか？最大限に発揮してみろ、オレは受けて立つ。このチャンスを逃すと二度とないだろうな、チカラを試す機会なんて」

「何か企んでいますね」

「あ、でもあれか、ダメか。疲れるもんな、どんな技を使えるかわからないけど、このままこぢんまりとした闘いで、地味に敗北してもらおうかな」

「見下していますね、僕はそういうのが大っ嫌いなのです。何を考えているかわかりませんが、あえて挑発に乗ってみましょうか」

「おっ、そうこなくちゃな。どうせやるならド派手に終わるほうがカッコいいもんな」

　と、サトシが剣を改めて握り直して構えた。

「後悔しないでくださいよ」

　高居戸が手を広げると、両手の武器が落下すると同時に光の粒となって、地面に着く前に消滅した。ド派手に来い、とサトシはたたみかけた。

　高居戸は、両手を胸の前で重ね合わせ何かを唱え始め、しばらく集中した。その間、サトシは剣を構えながら高居戸に気づかれないように静かに後ろに下がった。それを察して、恐れの婆が静かに前に歩み出てきた。

高居戸は、重ね合わせていた両手を少しずつ離していく。その両手の間には、何かのエネルギーが色を変化させながら流れていた。サトシと恐れの婆が横に並んだ。

「まったく、年寄りをこき使いおって」

いつも恩にきる、とサトシが高居戸を見据えながら恐れの婆に言った。

「稲荷の化身、自然霊の類いか。キツネめ、本性を現してきたな」

山谷が、高居戸の背後に出現し始めたそれを見て言った。高居戸は精神を集中し、エネルギーが高まれば高まるほど高居戸の背後のモノがハッキリとその姿を実体化させていった。

「しっかし、普通の人間があんなモノを操れるというのか。アレを引き出すことができる地獄道のチカラの持ち主、そうとうじゃのぅ」

感心するように恐れの婆が言った。

「そんなこと言ってる場合じゃないだろ。おっと、お客さんが来たらしい。が、化け狐を片づけることが先か……」

「そろそろじゃな、準備せぃよ」

「チカラ使い果たして、あっちの世界に行かないでくれよ」

サトシはそう言いながら、手にしていた剣をクリスタルに戻した。

「ふん、生意気言いおって。ワシはまだ現役じゃ、若い者には負けんわぃ」

恐れの婆が二、三歩ほどサトシの前に出た。フーッと恐れの婆は息を吐き出し、その分を深く吸い込み呼吸を整える。その間も高居戸のエネルギーがどんどん最高に近づいていく。同じく恐れの婆の集中力も研ぎ澄まされていった。

「高居戸が最高潮に達してきた。エナジーバーストが始まるぞ」

サトシが、焦るように恐れの婆の背中に言った。そしてついに、高居戸のチカラが最高潮に達した。

高居戸は、吊り上がった目をキッと見開きエネルギーを解放しようとした瞬間、

「封印呪詞《じゅし》、智慧《ちえ》楓迦《ふうか》、闇明《あんめい》、風のチカラに対する水のチカラ、塵の中より現れ印し封じん。縛っ！　戒っ！」

恐れの婆が、気合いを込めてその呪文を怒鳴るように唱えた。すると、高居戸を中心として、エナジーバーストの影響で炎が周囲に広がった。その瞬間、エナジーバーストの余韻でものすごい風が吹き荒れた。だが、実体化された炎が一番近くにいた恐れの婆にまで届くことはなかった。

爆発した炎が逆再生されるように、エネルギーとなって高居戸の身体の中に吸い込まれていった。

「どうなった、やったか？」

サトシは、爆風と砂ぼこりに耐えながら必死で状況を把握しようとした。

同時にサトシは後方に何かの気配を感じ、次いで、キャーァ、というかん高い叫び声が響き渡った。

「しまった、アカネちゃん。サトシ、アカネちゃんが……」

山谷が振り返り、あたふたしながらそう言った。

「あぁ、わかってる。だからとっつぁん、そんなに取り乱すなって」

サトシも振り返り、あっさりと言い放った。

「こっちは成功じゃ、キツネ坊やは気を失っておる。探偵坊や、あの怪物におぬしの本領を存分に発揮せぃ」

恐れの婆も振り返った。三人が振り返った先には、服を着た二メートルほどの背丈で、首から上がオオカミのようになった人型の獣がいた。

その人獣は、満月のスポットライトを浴びるように木々の抜けた場所に立ち尽くし、アカネの首根っこをつかみ、身体を持ち上げている。アカネの足は完全に地面から引き剥がされ、バタバタともがいていた。

「サトシ、アカネちゃんが人質に取られたぞ」

「見ればわかるって、これも計画通りってやつさ」

「まだ不完全な覚醒状態、いや不完全な封印状態といったところかのぅ。探偵坊やの思惑通りといったところじゃな」

「そう、あれは犬山だ。鬼のチカラを封印して人間に戻る過程の姿だろう。ワーウルフってか、狼男だな、あれは。だから、完全に鬼の状態に戻す。つまりな、封印を解いて完全に覚醒させるってわけさ」

「なにっ、そんなことをして大丈夫なのか？」

「そうしないと、犬山って人間と畜生道とのエネルギーを断ち切ることができない。一晩かけて人間に戻るのをオレたちが無理やり起こした、寝起きは最悪って感じだろうがな」

「なるほど。だが、アカネちゃんを人質に取られてるんだぞ。どうやって助けるんだ？」

「だぁあ、もう、とっつぁん質問多すぎ、集中できないじゃないか。ちょっと黙って見てればいいんだって。それに、うちの助手はそんなに弱かない。以上、問答終わり」

そう言い終えると、サトシは狼男の前に駆け寄り対峙した。

狼男は、グルゥウルゥウ、という唸り声を発している。

敵の武器は研がれた爪や、口から覗かせる牙は鋭く、腕力や脚力も想像以上のものであるということが容易に推測された。

「アカネ、落ちつけ。自分の身は自分で守るはずだったろ。修行の成果を見せてやれ」

サトシは、アカネにそう語りかけた。

放っていた。

「うう、うん」

アカネは苦しみながらもそう返答し、もがいていた身体の力を一気に抜いた。

するとバチンッ、という破裂音がしたと同時に、狼男はアカネの首から手を解き放っていた。

アカネは地面に落下し、痛みをこらえ、呼吸を整えて立ち上がった。

上出来っ、とサトシはアカネに駆け寄り、アカネを支えて山谷のもとに運んだ。

狼男は、急な激しい刺激に、もだえ苦しんでいた。

「大丈夫か、アカネちゃん。それにしても一体、何が起きたっていうんだ?」

山谷が、アカネとともに戻ったサトシにそう訊いた。

「一種の静電気みたいなモノさ。最初アカネには、護身の技としてエネルギーのバリアの作り方を教えようと思ったんだけど、この子の気質からして、攻撃型エネルギーの素質のほうが大きかったから攻撃型に変化させる術を教えたのさ。例えるならスタンガンだな」

アカネは、息を切らしながらもサトシを見つめ、ただうなずいた。サトシもそれにうなずいて返した。

「ほれ、これが例のヤツじゃ。探偵坊や、しっかりやんな」

恐れの婆が、そう言って長方形のなにやら文字の書かれた紙をサトシに差し出した。

「おぉ、恐れの婆が念を込めた呪符、ありがたいぜ。さ、暴れてやるか」

サトシは、恐れの婆から呪符を受け取り、狼男を見据えた。狼男は苦しみを乗り越えたらしく、呼吸を整えこちらを睨み立ち尽くしている。

サトシは、月明かりが照らす狼男の前に歩み出た。そして、クリスタルを天に放り投げ、手を組み『ソッ』と叫び儀式を続けた。

「オン・ソラソバテイ・ソワカ、弁財の弓矢」

光に包まれたクリスタルは、弓に姿を変えた。サトシはすかさず、その弓をキャッチし弦を引いた。サトシが引く弦の右手と、矢摺を握る左手を結ぶ直線に光が集まり、矢へと変化した。

グルゥウルゥ、と鳴きながら狼男はサトシに向かって襲ってきた。その瞬間サトシは、限界まで引いていた弦を解放した。矢は真っ直ぐと、狼男の胸を目がけ直進した。

狼男を捉えたかと思った刹那、狼男はその攻撃を横に向きかわし、同時に矢を叩き落とした。狼の目は完全に矢を見切っている。思った以上に感覚が優れているようだ。

矢は、地面に叩きつけられ光の粒となって消滅した。

「なら、これでどうだ」

サトシは、短いストロークで弦を何度も続けて弾いた。すると、寸法の短い矢が次々と解き放たれ、いくつもの矢が狼男を目がけて連射された。

だが狼男は、後ろに飛び、退いたり叩き落としたりと、すべての矢を見切り的確にかわしていた。だが、狼男がそれに気をとられていた隙に、サトシの本当の目的が実行されようとしていた。

　サトシは、恐れの婆から受け取った呪符をくわえ、弓矢の弦を限界まで張り詰めた。次の瞬間、フッ、と口から呪符を勢いよく空中に飛ばすと、呪符の中心を狙って弦を解放した。そして、恐れの婆の念が込もった呪符を射抜くと、矢はさらにスピードを上げ飛翔した。

　それまで連射される矢をかわすことに集中していた狼男が、それに気づいたときには、矢じりが狼男の額の数ミリにまで迫っていた。そして、ザクッ、と狼男の額を貫いた。

その後、矢は光となって消滅していった。

　矢についていた呪符が狼男の額に張りつくと、呪符はその効力を発揮し始めた。呪符から文字が溢れだし、狼男の体表をまるで虫でも這うかのように侵食していく。文字で埋め尽くされた狼男の身体が、徐々に巨大化していった。

　そして、月光に照らされ、その本性をあらわにした。完全に覚醒したその姿は、もう人ではなく狼そのものだ。さっきよりもひと回り大きくなり、巨大な獣とサトシが対峙した。

「ほぉ、ずいぶんと成長したな。どうやってコイツを退治しようか」

　そう言いながら、サトシはクリスタルを本来の姿に戻した。ギラギラとした目つきで、完全に狼と化した鬼はサトシのことを睨みつける。サトシは、闇を照らす月に向かってクリスタルを放り投げ、例のごとく手を組み『ビー』と叫んで続けた。

「オン・ビロハキシャ・ナウギャヂ・ハタエイ・ソワカ。広目《こうもく》の三叉戟《さんさげき》」

するとと、クリスタルが三つ又の槍、三叉戟へと変化する。長い柄の先に両刃の剣、その両横にさらに片刃の短い刀身がついている。

ガウゥガウガゥ、と狼がサトシに襲いかかってきた。サトシも三叉戟を振りかざし、敵に立ち向かっていった。正面から鋭い牙のついた口が、サトシに噛みついてくる。サトシは、それを左にかわし狼の後方に回り込もうとした。しかし、狼の後ろ脚の爪が攻撃を仕掛けた。

「ちっ、間合いが近すぎた。中距離型の戟を召喚したのは失敗だったか」

「サトシっ、ちょっと距離をとれ、それじゃ敵の攻撃範囲に入ってるぞ」

たまらず、山谷がそう叫んだ。

「わぁってる、わかってるけど……」

サトシは、狼の牙爪で次々に繰り出される攻撃をかわすので精一杯である。狼の動きは素早く、その攻撃も本能で繰り返されているとは思えないものだった。

「探偵坊やの動きを的確に把握しておる。それだけでなく、動きの先を読んで攻撃をしておるようじゃのぉ」

「ホントね、所長が敵より小さいから逃げ切れているものの」

「あぁ、一撃でも喰らったらタダではすまないぞ」

アカネのあとに、山谷がそう言った。

「タダどころか、お土産もついてくるわぃ」

「お婆ちゃん、それどういう意味よ」

「そんなお土産はうれしくないよな。タダより怖いものはないな」

山谷も恐れの婆に続いた。

「この状況じゃ、シャレになってないわね」

サトシが後ろに回り込もうものなら、すかさず狼は自らの尾を追うように回ってくる。どうしても正面から対峙してしまう形になる。

「しかたない、こうなったら正々堂々と正面から相手してやるよ」

サトシは腹を決め、三叉戟の先端を狼の顔面に向けた。

狼は、ガウゥゥゥゥゥ、と満月に遠吠えした。まるで、サトシを挑発しているようだ。

お互いがタイミングを計り合うように、眼を飛ばし合った。そして、サトシが勢いをつけて立ち向かった。狼は口を開き、その牙でサトシを迎え撃つつもりのようだ。

サトシは戟を突き出し、威嚇したまま、いい間合いで立ち止まった。先制攻撃をサトシは仕掛け、切っ先を何度も突き出す。狼は、その牙で戟をどうにか対処しようとした。だがどうにもできず、それを払いのけようと交互に両前脚を使ってきた。そのたびに、サトシは犬と戯れるかのように武器を出しては引っ込めを繰り返した。

「うまいぞ、攻撃すると見せかけて隙を見極めようとしているんだな」

山谷が声を上げた。サトシは狼の呼吸を感じタイミングを合わせ、先ほどよりも深く剣先を突き出した。すると、相手から戟の切っ先に触れる形になり、傷を負わせることに成功した。

ただ、口元を浅くかすっただけで、それほど痛みを感じてはいないようだ。しかも、みるみるうちに傷が治っていった。

しかし、そのコツをつかんだサトシはさらに同じ方法を繰り返した。今だっ、と心の声も無意識に発しながら一歩深く攻撃を繰り出した。

それを払いのけようとする狼の右前脚を狙い斬りつける。だが、その攻撃はおとりで、敵のバランスを崩させるため、一番の狙いである胸に近い部分を斬りつけた。

しかし、上腕の強靭な筋肉に戟は弾き返され、サトシの策は不発に終わってしまった。

瞬間、サトシがひるんだ隙をつき、狼は左の前脚を使い、サトシの腹を殴りこんだ。その一撃にサトシは吹っ飛び、地面に叩きつけられた。衝撃で一度息が止まり、グフッと口から血を吐き、呼吸を取り戻した。

「うっ、不覚をとった……まったく、肋骨がいってなきゃいいけど。攻撃が、うぅっ、通らないな。どこか弱点を探さないと、オレの身体が持たないぜ。まったく」

サトシは、戟を杖代わりになんとか立ち上がった。

「くそっ。恐れの婆、なんかいい手はないのか」

山谷が、恐れの婆に助言を求めた。

「そうじゃのぉ、完全に覚醒させてしまっているのでな、どうにも畜生というのは苦手なんじゃが。うむ、ワシが心配していたことが今起こっておる、とだけしか言えんわぃ」

「そんな。そうだわ、アタシが何とか……」

アカネが言い終える前に、その後の言葉を察した恐れの婆が言った。

「無理じゃ、娘さんのチカラはまだまだ弱すぎる。あのキツネ坊やほどのチカラを持っているならともかくじゃ——ん、そうか、そうじゃ、あのキツネ坊やからチカラをちょこっと拝借できれば、あるいは……」

そうやって恐れの婆は考え込んだ。

「なに、どうするの？　アタシにできることなら何でもするわ」

やってみるか、と恐れの婆はアカネの目をジッと見つめた。

「うん、危険は覚悟の上でここにいるのよ。アタシも所長の役に立ちたい」

「よし、刑事さん、あのキツネ坊やを手錠で抵抗できないようにしてもらえるかのう」

「よし、わかった」

山谷は、懐から手錠を取り出した。

サトシは、再度巨獣に闘いを挑んでいった。

山谷は、まだ気絶している高居戸の両手を背中のほうに回し、手錠をかけた。その間に、恐れの婆とアカネは軽く打ち合わせを済ませた。よっぽどの衝撃が身体を駆け巡ったのか、高居戸はぜんぜん目を覚ます様子はない。

「しょうがないのぅ、これだからいいところ育ちの坊ちゃんは、だらしがない。まぁいい、刑事さん、キツネ坊やの身体をちょっとの間、支えていてほしいんじゃが」

わかった、と恐れの婆に言うと、山谷は高居戸の上半身を起こし支えた。

「娘さんそこに座れ、そして集中するんじゃ。ワシが、キツネ坊やから吸い上げたチカラを娘さんの体に適合するように変換して流す。それを蓄積させるのじゃ」

「わかったわ、とにかくやってみる」

「アカネちゃん、わかってないだろ」

「まぁ、言葉で説明するより、実際にやったほうがいいじゃろ。習うより慣れろじゃ」

うん、と恐れの婆の言葉にアカネはうなずき、地面に座った。恐れの婆は目をつぶり、高居戸の胸に左手を当てた。高居戸は、背中を反らせ胸を突き出すような体勢になった。

しばらくして、恐れの婆はアカネの頭に右手を乗せた。うぅっ、という声をアカネは漏らした。

山谷には、特に変わったことを感じとることはできなかった。しかし、高居戸から恐れの婆の中を通過し、アカネにエネルギーが流れている、というイメージだけは頭の中にハッキリとあった。

サトシは、攻撃の仕方を変更し、戟を振り回しながら敵を翻弄させる作戦にした。攻撃というより、サトシは防衛に徹することのほうが多くなっていた。

すると突然、狼の首元でなにかが爆発した。突然のことに、サトシは行動を停止し、狼の様子をうかがった。

バリッバリッ、という音が横から聞こえてきた。

「所長、援護に来ましたよ！」

そう言ったアカネの手からは、パチパチと音を立て電気を発している。アカネが、人差し指と親指を立て拳銃を真似た。パンッ、と銃を撃つ音を口で真似ると、その人差し指から電撃を放った。その電撃が大気を斬り裂き、狼の背の上で爆発した。

「なんだよ、すごいことになっちゃったな。助手の域を超えちゃった気がするぜ」

呆れたようにサトシは言った。

狼は、アカネの攻撃を受け、背中を地面に擦りつけもがいていた。

「はやく、何してるのよ。所長、チャンスじゃない」

アカネが、サトシにそうながした。だが、暴れのたうち回る巨獣に近づくことができない。サトシは三つ又の戟を構え、攻撃のチャンスをうかがった。

やがて、狼が起き上がり、怒りの形相でアカネを見据えた。その目は血走り、唇を吊り上げ牙を剥き出しにしている。狼は、ゆっくりと歩をアカネのほうに向けた。

「ヤバい、なんとかこっちに引きつけなくては……だがどうする」

サトシは戟の切っ先を敵に向け駆けだした。三叉戟の切っ先を、狼の後ろ脚に目がけノープランながら突き立てた。

ところが、切っ先はその筋肉に喰い込むことすらなかった。狼は停止し、後ろ脚をサトシに向かって振り上げた。サトシは、戟の柄を盾にしてその攻撃を受け止めた。その反動でサトシの身体は、また宙に投げ出された。

その瞬間、狼はアカネに向かって走り出していた。アカネは、連続して電撃を何度か放った。だが、チカラをコントロールしきれず、電撃はあちこちに飛んで標的になかなか命中しない。

サトシはなんとか体勢を立て直し、敵の背を追いかけた。アカネが放った電撃の流れ弾がサトシに向かってきた。とっさに、サトシは戟の先端で流れ弾である電撃を叩き落とそうと考えた。電撃と切っ先が触れた瞬間、戟を振り下ろすと電撃がサトシの目線の先に飛んだ。

なんと三叉戟が電撃を吸収し、新たな攻撃となり飛び出していたのだった。戟から解き放たれた攻撃が狼の尻尾に命中し爆発した。

「おっと、予想外。これは使える。アカネ、どんどん攻撃しろ。オレがフォローしてやる」
了解！　とアカネはサトシの叫びに答え、容赦なく電撃を連射した。連射というよ
り、乱射と表現すべきか。だが、何発かに一発は狼に命中する。拾えそうな弾は確実
に拾い、電撃を三叉戟に吸収させ、サトシは狼に当てていった。
狼は、アカネとサトシに挟まれ、逃げることもできないといった感じで攻撃を受け
ながらオロオロとしている。
「形勢逆転か」
山谷がその光景を見てそう言った。
「いや、よく見てみぃ。攻撃は確かに当たっておる。じゃが、決定的なダメージを負
わせているわけではないわぃ」
「言われてみればジワジワ利いているようでもないな。なんかこう、痛恨のダメージ
になるような一撃でもないとダメみたいだな」
山谷がじれったそうにそう言った。
「アカネ、いったん攻撃をやめろ。集中して一発にエネルギーを込めるんだ。オレが
この三叉戟を投げるからそれ目がけて、すべてのエネルギーを解放するんだ」
「一発って、当たらないかも」
「そのことなら心配するな。とにかく、すべてを一発に込めるんだ」
わかったわ、とアカネは一本の指先に集中した。その間、サトシは敵の尻尾に向か

って斬りつけた。スパッと尻尾が、いとも簡単に胴体から切り離された狼は、その痛みで白目を剥いた。

「弱点はここだったか。ただ、今までより本能を剥き出しにして襲ってくるだろうな。これからが本当の闘いか」

サトシはそう分析し、次に腹のほうに回り込み、試しに腹を突いてみた。狼は、その刺激でまたもがき、苦しみ始めた。

「そうか、筋肉や骨ばってるところは天然の鎧。そのほかは、やっぱり動物といっしょってことか」

サトシはそう言い、三叉戟を片手に助走をつけ空高く跳び上がり、矛先を下に向けた。落下の勢いを使い、狼の背中に三叉戟を突き立てた。戟の先がかろうじて狼の皮膚に刺さり、傷をつけることができた。

サトシの攻撃が背中の痛点を刺激した。それも敵にとっては、つまようじで薄皮を刺したに過ぎないほどのものだろう。

だが中途半端な痛みともかゆみともつかない刺激に、たまらず狼は背中に乗っている者を排除しようと暴れ出した。サトシは三叉戟を抜き、その荒れ狂う狼の背から飛び降りた。

「アカネ、準備はできたか？　そいつを放ったあと、魔餓玉をすぐに用意しておいてくれ」

「魔餓玉ね、わかりました」

狼が、背中の刺激を治めようと仰向けになって、地面に傷口を擦りつけている。

「オレがこの三叉戟を投げたらすべてを解き放つんだぞ、いいな」

はい、とアカネがサトシの指示に答えた。ウオリャァァ、と力いっぱいサトシは三叉戟を投げ放った。アカネが三叉戟の軌道を追いながら、指先からどこにそんなチカラがあったのか、というほどのエネルギーが解放された。しかし、アカネが撃った電撃弾は、角度から推測して、三叉戟に命中する確率はほぼないと思われた。

「そんな、し、失敗……」

アカネは、愕然とした声を発した。

「バカッ、早く魔餓玉、用意しろっ」

サトシは、怒鳴るように指示を出した。はっはい、とアカネはサトシのバッグをまさぐった。

電撃弾の軌道上にポッカリと満月が浮かんでいた。闇に浮かぶ白い月明かりに、電撃弾が吸い込まれているように見える。月とエネルギーが重なり、その下で、三叉戟が空中でクリスタルに変わった。

サトシは手を組み『イー』と発し、さらに天道のエネルギーとつながろうとした。

「ノウマク・サマンダ・ボダナン・インダラヤ・ソワカ。帝釈《たいしゃく》の金剛杵《こんごうしょ》」

仰向けで暴れている狼の上空で、クリスタルが金剛杵に姿を変えた。拳三つ分の長さで、両端が矛先の刃になっていて、それを囲うように四本の爪のような刃が覆っている。別名、五鈷杵《ごこしょ》と呼ばれているものだ。

月の光を浴びて、心なしか電撃弾がひと回り大きくなった。そして、月が電気を帯びたようにときどき大気中で放電している。金剛杵が天と地をつなぐように縦になると、
狼の上で、月と電撃弾、金剛杵が連なった。

その瞬間、ものすごいイカヅチが金剛杵を伝い、轟音と稲光とともに空間を引き裂き、狼に落雷した。計り知れないエネルギーとなった電撃が、狼の身体を焼き尽くした。

狼は一瞬背中を丸め、両脚を上に掲げたまま硬直した。そのうち狼は動きをとめ、バタンバタンと二本の脚を地面に力なく落とした。

やがて、その横たわる巨体から闇が噴き出し始めた。アカネっ魔餓玉、とサトシが叫んだ。アカネはうなずき、魔餓玉を狼に向かって放り投げた。

「闇魔を喰らう石よ、そのチカラを示せ。魔餓玉、発動っ！」

サトシがそう言うと、魔餓玉はキラリと輝いた。魔餓玉が、煙と化した畜生道の闇を吸い込んでいく。小さな石は、その輝きを失うことなく闇をガンガン吸収する。すると、巨獣の身体がみるみるうちに縮小していった。

しばらくすると、狼の姿であった鬼は元の人間の身体に戻っていき、最終的に犬山

星太に姿を変えた。

　サトシとアカネが、地面に横たわる犬山のもとに駆け寄った。それと同時に、空中から煙を吸い終えた魔餓玉が降ってきた。サトシは右手を開き上に向けると、狙ったかのように手の中にポトッと魔餓玉が乗った。ナイスキャッチ、とサトシは独り言をつぶやいた。

「所長、まだ額に角が残っているわよ」

　アカネが犬山の額を指さして言った。犬山の額には、畜生道の鬼としての証拠である角が二本、しっかりと確認できた。

「おしっ、最後の仕上げといこうか」

　そう言いながら、近くで主人を待つかのように地面に突き刺さっていたクリスタルをサトシは拾い上げた。アカネは、うつ伏せになっている犬山の身体を転がした。サトシは、みぞおちとへその中間あたりの背骨の上にクリスタルの底を押し当てた。

「解放、第三のチャクラ」

　クリスタルが色とりどりに煌めくと、ほどなくして犬山の額に生えていた二本の角がポロッと土の上に転がり落ち、シュウッという音を立て塵と化し、風に吹かれ散っていった。

「フーッ、終わった」

　サトシは、顔に浮いた汗を拭って言った。

「お疲れさまでした、所長。今回は本当に大変でしたね、アタシも疲れました」

アカネもため息をつき、そう感想を述べた。

「お疲れさま、助手として立派だったぞ。今回はアカネがいなかったらどうなっていたことか。ありがとう」

サトシは、うなずくように軽く頭を下げ、アカネに礼を言った。そこに恐れの婆と山谷、意識を取り戻した高居戸が歩み寄ってきた。高居戸は後ろ手に手錠をかけられ、疲労からかフラフラと足下がおぼつかないようで、その身体を山谷が支えながらやっと歩を進めているといった感じだった。

「お婆ちゃんのおかげよ。あんなことができるのはお婆ちゃんしかいないもん。やっぱりプロは違うわね」

「そのおかげで、僕はいい迷惑ですがね。僕のチカラを奪うなんて前代未聞ですよ」

高居戸は、疲れからか、かすれた声でそう言った。

「情けないのぅ、このくらいのことで」

「その人はどうなるの？　やっぱり逮捕されるの？　敵とはいえ、一応その人がいなかったらどうなっていたかわからないわ」

アカネが、高居戸のことに対して山谷に訊いた。

「どうもこうもないな。現場にいたってことと、犬山を匿っていたってことで取り調べをするつもりだ。処分に関してはそれから決める」

「確かに、僕は犬山先輩を匿っていた、ということになるのかもしれません。ですが、僕だって被害者なんです」

「見苦しいわよ、この期に及んで」

「話は、警察署でゆっくり聞く」

アカネの言葉に、山谷もそう乗っかった。だが、サトシは高居戸の言葉に対し一つの質問を投げかけた。

「被害者、そう言ったな。オレたちと闘っていたときの記憶はあるか？」

「もちろん、意識もありましたけど、自分自身が別人というか、影崎という人物が僕を訪ねてきたときから、なんか体中にチカラがみなぎってきて、自分が自分じゃないような感覚がずっとありまして……」

「その時点で影崎のチカラと共鳴していたんだな。それで、影崎と何か話とかはしたか」

サトシが訊いた。

「いいえ、それが憶えていないんです。いや、確かに何か話をしたらしいんですが、内容や詳細なことは何も思い出せないんです。僕は結界の張り方とかも知らないのに、結界を張って……」

「まさか、ウソよ。作り話をしてるんじゃないでしょうね」

アカネは、そう疑いを口にした。

ウソじゃないな、とサトシは高居戸を弁護した。

どういうことだ、と山谷が訊いた。

「影崎のチカラ、この世的にいえば一種の催眠術の類い。影崎にそうするように暗示をかけられていたんだろう。地獄道のチカラの本質とでもいうべきか。まぁ、その辺はよくわからんけど、そういう性質を持っていてもおかしくはない」

「チカラを持っているやつを見極められる、ということは確かじゃな」

「あぁ、間違いなくな。影崎に見込まれてチカラを引っ張りだされた、ってな」

「それでなんですが、僕の能力は元に戻るのでしょうか？　今は、枯れたように能力が使えないんですが……」

高居戸が、おそるおそるみんなに問いかけた。

「地獄道の者と出会う前、普通に生活していたときくらいまでなら戻るじゃろうな。じゃが、今後の修行次第で戦闘中以上のチカラを引き出せるかもしれんのぅ。ワシはキツネ坊や、おぬしのことが気に入った。どうじゃ、ワシの弟子にならんか」

「えぇっ、さっきまで敵だった人を弟子にスカウトしようっていうの⁉」

アカネが驚きの声を上げた。

「まぁ、おぬしの家、つまり神社のこともあろうが、おぬしが望むなら弟子になれ。最高にチカラを引き出してやる。ワシの人生そう長くはないがのぅ、できる限りのことは教えてやるわぃ」

「本当ですか、お願いします。ぜひ、弟子にしてください」

高居戸は、そう言って頭を下げた。

「なんなんだ、この展開。まぁ、それも一応、調書を取って、お前の処分が決まってからのことになるけどな」

山谷が改めて説明した。

「はい、もう悪に惑わされないよう心を入れ替えて、精進して参る所存にございます」

高居戸は、声高らかにそう宣言した。

「ははは、頑張れ。ところでとっつぁん、あとは頼んでいいか？」

「こっちの処理は任せておけ。東の空が明るくなってるし、そろそろ応援が来るはずだ」

よろしく頼む、とサトシが言いかけたとき、横からアカネが口を挟んだ。

「電話、携帯電話が鳴るわ。青井教授だったっけ？　ほら、例の数学の先生から」

アカネがそう言い終える間もなく、山谷のズボンのポケットに入っているスマートフォンのバイブレーション機能が作動した。そのディスプレイには、〝青井カズヤ〟の文字が表示されていた。山谷は、ディスプレイをタッチしてそれを耳に当てた。ハイ、どうしました教授、と山谷が会話を始めた。山谷以外の者は、その場で時間が止まったかのように電話をしている山谷を見守っていた。

「ええ、わかりました。今ちょっと聞いてみます。何ぶん、今ちょうど一仕事終えたところでして、わかりました。ちょっと待ってください」

山谷が話し始める前に、サトシが訊いた。

「青井教授、なんだって？　オレに用なんだろ」

「そうなんだ、影崎のことでな。今なら居場所が特定できるらしい」

「居場所が特定できるって、まさか、所長に連戦させる、ってことじゃないわよね」

アカネが、そう推測して言った。

「サトシに訊いてるんだ。どうする、この機会を逃すと、また今度いつになるかわからんかもしれない」

山谷は、青井から聞いたらしい言葉でそう詰めた。

「今からそっちに向かう、そう青井教授に伝えてくれ」

サトシは少しもためらわず、山谷にそう答えた。

「いいんだな、影崎と出会ったら否応なく戦闘になるぞ」

「今日は青井教授に会いに行くだけよね。そういう話でしょ？」

アカネが山谷に訊いた。

「青井教授は、影崎のいるであろう場所に向かっている途中らしい。十中八九、影崎とは出会うことになる」

「答えはただ一つ、青井教授と合流する」

　サトシは、キリッとした目つきで答えた。

「そんな……所長、お言葉ですが、もう所長の身体は限界を迎えているはずです。あれだけの激しい戦闘を繰り広げておいて、またのチャンスにかければいいじゃないですか」

「これは、オレにとっての宿命だ。少しでもチャンスがあれば逃すことはできない」

　サトシ、と山谷は言葉を漏らすように言った。

「でも、所長の身体が持ちません。死んじゃいますよ、やめましょう今回は。お婆ちゃんも所長を止めてください」

「ワシが探偵坊やを説得するのは無理じゃ。探偵坊やが思うとおりに行動すればいい。ワシは、たとえお前さんが死んだとしても、お前さんが導き出した答えならば正しかった、と思うしかない。それだけ、探偵坊やにとってこのチャンスは重大なことなんじゃ。ワシに言えるのはそれだけじゃ」

　そんな、と言葉を詰まらせアカネは押し黙った。

「ありがとう、恐れの婆。とっつぁん、すぐ合流すると青井教授に伝えてくれ」

　サトシは、山谷にそう言った。わかった、と山谷は電話越しの青井にサトシの決意を伝えた。そして、何度か会話を交わして電話を切った。それで詳しいことは？　とサトシは急かすように訊いた。

「あぁ、青井教授はここから峠を越えて、国道に入り、三つ目の町の境界付近のトンネルを抜けた廃墟に向かっている、と言っていた。なんでもその廃墟は、元スポーツセンターとして機能していたらしい」

「市街地での戦闘は避けられそうだな」

「あぁ、青井教授もそれを気にしていたよ」

「元スポーツセンターの廃墟って、なんでまたそんなところに。何をするつもりかしら。青井教授は、影崎の行動についてなにか言ってなかったの？」

　アカネが、頭の中を巡らせながら訊いた。

「そこまで詳しくは言ってなかった、教授と合流したら何かわかるだろう」

「そうか、で、とっつぁんはどうする？」

「俺はこっちの処理を済ませてから、と考えている。アカネちゃん、行くんだろ？　止めてもムダだろうし、X課の仕事はあとでアカネちゃんにでも詳しく聞くよ」

　山谷は、アカネにそう言った。

「わかってるじゃない、ボロボロの所長単独で行かせられないでしょ。X課の山谷刑事の助手としてもしっかりお仕事してあげる」

　アカネは、自信満々にそう言った。

「お前はオレの保護者か！　足手まといになるなよ、アカネもそうとう疲労しているだろ」

「心配ご無用、アタシは助手としてできる限りサポートするって決めたの。それに、さっきのアタシの働き見たでしょ、もう一回の戦闘くらい朝飯前よ。って、お腹すいたけど」

同時に、アカネのお腹がグーッと鳴った。

「ったく。恐れの婆はどうする？」

「年寄りにはしんどいわぃ、ワシの仕事はここまでじゃ」

「そうか、そうだな。とっつぁん、恐れの婆のことも頼むけどいいか」

「あぁ、構わんが。サトシ、本当に大丈夫なのか、その体での連戦」

「心配するなって、頼もしくて勇ましい助手もついてるしな」

サトシは、アカネのことをチラッと見てそう言った。

「そうか、わかった、それじゃあここで別れよう。あの車使え。どうせ、もうすぐ応援のパトカーが来るはずだから。俺たちのことは気にするな」

山谷はポケットからレンタカーのカギを取り出し、サトシのもとに放り投げた。

「あぁ、サンキュー、そうさせてもらうぜ。じゃあ、行こう」

そう言うと、サトシはアカネをうながし急ぎ車に向かった。うん、とアカネはうなずき、サトシのあとに続いた。健闘を祈る、と山谷がサトシの背中に言い敬礼した。それに対し、サトシは背中を向けたまま手を上げ応えた。その後ろで、アカネが山谷たちのほうを振り向き手を振った。

「くれぐれも死ぬんじゃないぞ、探偵坊や」

恐れの婆は、サトシの背中を見つめつぶやいた。そのうち、パトカーのサイレンの音が遠くから聴こえてきた。もう太陽は、周囲の山々より高く昇っていた。

サトシが車を走らせると、何台かのパトカーとすれ違ったが、それには目もくれず、目的地まで車を走らせた。

第四章　妖刀と宝剣

曇天の朝だった。陽光はないが、徹夜明けのサトシの視覚には周囲がキラキラとして見えている。サトシたちが向かう先、そこにポッカリと漆黒の口を開けたトンネルが待ち構えていた。吸い込まれた先は、アナザーワールドにつながっているかのようだ。いよいよトンネルの中に突入していくと、妙に長く、時間と空間が歪んでいくような感覚があった。道なりにただ進んでいるだけなのに、それが逆に地獄への出口を強制されているようだ。

やがて光壁の出口が前方に見えてきた。トンネルを抜けると、すぐに元スポーツセンターと言われている建物が、薄気味悪い風体でそこに横たわっていた。外観は、それほど廃墟という風でもない。キレイと言えるものでもないが、今からでもまだ使えそうな感じがある。しかし、どんよりとした灰色の空の下、昼間だというのに薄暗い中にそびえ立つそれが、なんとも不気味だった。

「あれよ、あの車。たぶん青井さんよ。なんか、数字が頭の中をグルグルと回るの。間違いないわ、数学が苦手なアタシの頭の中を数字が駆け巡って、目まいがするようだわ」

「そうか、じゃあ間違いないな」

アカネがそう伝えると、サトシは車のスピードを落とした。そして、ワゴン車の後ろにサトシは車を止めた。

それに気づき、ワゴン車の運転席から人が降りてきた。琥珀色の縁をしたメガネをかけ、ボサボサのおそらく天然もののパーマがかかった髪の毛、ノーネクタイでチェック柄のズボンにサスペンダーという、なんともいえない格好の小柄な男がトコトコとやってきた。それは、間違いなく青井カズヤその人であった。青井教授だ、と言うとサトシは車を降りた。アカネもシートベルトを外し、サトシに続いた。バタンッと扉を閉め、サトシは笑顔であいさつをした。

「どうも、青井教授お久しぶりです」

「一仕事終えてすぐみたいだけど、大丈夫かい？」

「ええ。このチャンス逃せませんので」

「所長、ずいぶんと親しげにしゃべるのね」

アカネは、早く紹介してほしいとばかりにそうながした。

「成り行きというか、臨時で助手をしてもらっている、頬月アカネという者です」

「頬月アカネです。先刻の事件もアタシがいないと解決できませんでした。よろしくお願いいたします」

「なんちゅう自己紹介だよ、まったく。で、この方が青井カズヤ教授。大学の数学教授」

サトシは、アカネに青井をそう紹介した。

「青井カズヤです、よろしく。ボク自身にはサトシ君みたいな霊能力とか、そういうチカラはないんだけど、発明というかたちで山谷刑事やサトシ君たちに協力しているんだ。鬼とかオカルトとかに昔から興味があってね、そういう研究も兼ねて結果を証明するための発明をしてるんだ。ありがたいことに、みんなに重宝されているよ」

「えぇっ、そうなんですか。てっきり、恐れのお婆ちゃんみたいにすんごいチカラがあるのかな、と思ってたんですけど」

「アカネ、やんわりと失礼なこと言ってないか」

「いいんだよ、サトシ君。ボクは自他ともに認める変わり者なんだから」

「ずいぶんと自信満々に認めましたね」

「そうですよね、わけのわからない数字で生計を立てているくらいですもんね。まぁ、うちにも変人がいますけどね、山谷刑事といい所長といい、先生も似た者同士なんですね」

「教授にわけのわからないって……オレはともかく、さっきから失礼過ぎだ」

サトシはそう言ったあと、アカネの額を小突いた。

「それでサトシ君、本題に入ろうと思うんだが」

「スミマセン。どうぞ続けてください」

「この建物は、広い敷地を確保するために山を切り開いて建てたものらしくてね。だから手前の山をぶち抜いてトンネルを造った。でも、交通の便とか何かと不便だったりして思うように経営ができなかったらしい、あっという間につぶれてしまったようだよ」

「で、なんでまた、こんな廃墟に影崎が？」

「ボクもそこまではわからない。まぁ推測するに、何らかの儀式のため、という確率が高い。それから、これはあくまでも噂、都市伝説みたいなものなんだけど、古くからこの地は先人たちが眠る墓所だったらしい。つまり、負のエネルギーが渦巻いている場所ってことだね」

「なるほど、特殊な磁場でも探知しましたか？」

「うん。地獄道のモノらしき高圧縮粒子のせいで特殊な磁場障害が起きたらしくて、影崎が地獄道とつながったと思われるエネルギーをボクの研究室の装置が探知したんだ。で、これがポータブルタイプね」

　青井は箱型の機械を肩から下げていて、それをポンポンと叩いた。箱からコードが伸びていて、先端には手のひらほどのパラボラアンテナのようなモノが取りつけてある。

「へぇ、なんだかチンプンカンプンだけど、そんな探知機まで発明したの。ほかにはどんな発明品が？」

アカネは、興味津々でそう訊いた。

「そうだ、鬼が視えるメガネも青井教授の発明品でしたよね」

「そうだよ、このメガネね」

青井は、そう言って自らかけているメガネの縁をつまみ上げた。

「あ、それ、よく山谷刑事がかけてるやつ。てっきり通販の商品かと思ってた」

「チョイチョイ失礼だな。オレも青井教授の研究結果とか参考にして闘ったり、なにかとお世話になってるんだから。さっきの戦闘でちょっと活躍したからって調子に乗るなよ」

サトシは、そうアカネを軽く戒めた。いいんだよ、と青井はサトシに言った。

「でも、影崎が何を企んでいるかわからないのが怖いな」

「山谷刑事から電話で聞いたけど、前の闘いでも影崎の名前が出てきたとか？」

「ええ、そうなんですよ。神社の神主のせがれの眠っていたチカラを引き出して、暗示にかけて操ったり、畜生道とつながった鬼のほうの黒幕でもあってですね……例えば、影崎がなにか儀式をしていたとして、教授には何か策とかあったりしますか？」

サトシが、助言を求めるように訊いた。

「ボクの予想が正しければ、アレの儀式しかないいんじゃないかな」

青井は言葉を濁すような言い方をした。

「アレか、まぁ、アレでしょうね。宵の明星……」

「そうなれば、サトシ君にはちょっと負担をかけてしまうかもしれない。ハッキリと言わせてもらうけど、あの理論は不完全だし準備不足」

「やっぱりそうですよね……あぁ、もう考えるのはよしましょう。熱が出てきそう。ここでこうしていても始まらない、そろそろ乗り込みましょう、敵の懐に」

サトシは、そう切り返した。

「罠よね。そうとわかってて飛び込んでいかなくてはならないのね」

「上等、覚醒前のオレとは違う。今は、鬼退治を職業としてるんだ。プロの意地を見せてやろうじゃないか」

サトシは、自分を鼓舞するように言った。三人は顔を見合わせ、うなずき合い、誰ともなく建物へと歩を進めた。青井が、ガラス張りの重い扉を押した。二重の扉、入ってすぐに同じような扉がある。青井、サトシ、アカネの順で時間の止まった異空間の中に吸い込まれていった。

しんと静まり返った建物内部は、廃墟というほど物が散らかっているわけでもなく、落書きもない。そこから察するに、営業を停止した瞬間から時間が止まり、それから誰一人としてそこに寄りつく者がいなくなった、と考えられる。

青井は探知機の本体を肩にかけ、アンテナを右手に持ち、機械のメーターを注視しながら歩を進めた。そのあとを黙ってサトシとアカネが続いた。

しばらく建物の中を探索していると、青井が急に足を止めた。メーターの針が急に振れ、装置のライトが赤くチカチカと点滅している。その先には〝体育館〟と表示された扉があった。

ここに影崎が？　とアカネは小声で青井に訊いた。おそらく、と青井もアカネに合わせるようなトーンで答えた。そこでも三人は顔を見合わせ、お互い胸の内を確認するようにうなずき合った。それから一拍置き、青井は木で作られた取っ手に手をかけ、大きな扉を押した。ギィィィッと軋む重そうな音が、扉の接合部から発せられた。

三人は、体育館の中に歩んでいった。体育館の広さは、テニスコートが四つほど入りそうなくらいである。広間の奥にはステージが設けられていて、そのステージの上には誰か人が立っていた。異様な雰囲気を漂わせ、黒マントを羽織っていることが確認できる。

三人は、広間のステージのほうに進んだ。コツコツと足音が響く。ステージの上の人間は、そこに立ち尽くし、それをただ黙って見守っていた。三人が広間の中央付近で足を止めると、ステージの上の人物がしゃべり始めた。

「青井教授、お久しぶりですね。何年か前にあなたが地獄道のエネルギーを探知できる装置を造られたとき、以来ですかね」

「あぁそうだったね。影崎君こそ元気だったかい？」

ステージの上にいたのは影崎だった。青井が、影崎のごきげんをうかがった。

「ええ、上々ですよ。で、そちらの方々は、天平サトシさんと頬月アカネさんですね？」

「あぁ、そうだ。鬼退治を生業としている。アカネのことまで知ってるとは、地獄の情報網はかなり行き渡ってるんだな」

サトシは感情をグッと堪え、少々低めのトーンで答えた。アカネは黙ったままだった。

「影崎君は、ここで何をやっていたんだい？　儀式か、それともチカラをコントロールするため？　まさか、ボクたちに居場所を特定させるためにエネルギーを解放した、ということではないよね？」

「たしかに、よりチカラを使いこなすためでもありますかね。最近は鬼だけではなくて人間の能力を引き出すこともできるようになりました」

「それは高居戸のことだろ。何を企んでいるんだっ」

サトシは、耐えられずに怒鳴った。

「高居戸さんも犬山さんもいい働きをしてくれました。高居戸さんには少々ガッカリさせられましたが」

「あのチカラね、アタシが有意義に使わせてもらいました。ご心配なく」

アカネが強気にそう言った。

「そうらしいですね。犬山さんとは十年来の付き合いでしてね、ずいぶんと我が役に立ってもらいました。ほら憶えていますか、サトシさん……」

「そうか、そういうことか。模倣犯を仕立て上げたのも、お前の地獄道のチカラでやったんだな。捜査をかく乱するためにってか。影崎、いつからお前は地獄道とつながった？」

そう訊きながらもサトシは少し冷静に、だが鋭い目つきで言った。

「十五年前ですかね、死というものに興味を覚えたのは。十六歳の頃、近所をうろついていた野良猫をカッターナイフで切りつけたとき、地獄道とつながったことを感じました。と言っても、そう考えて悶々とした心持ちでいたときから、我が闇は地獄道とほぼつながっていたのでしょう。そして、それからしばらくして一人目の生贄を」

「十六歳、アタシと同じ歳じゃない」

アカネは、ポツリとつぶやいた。

「思春期の精神的谷間に落ち込みやすい時期。多くの人がその谷間に落ち込むが、たいがいの者はその谷間から自力で抜け出す。だけど、まれにその谷間を登れない者がいる。それが現実で何らかの行動に出てしまう。同時に闇を抱えている者だったなら、なおさらそれに取り込まれてしまってもおかしくはない。要するにその典型だね」

青井がそう分析した。

「生贄って、どういうことだ?」

サトシがいきりたって訊いた。フフフ、と影崎が不敵な笑みを浮かべた。

「サトシ君、あまり感情的にならないほうがいいよ。相手の思うつぼだから」

青井の言葉に、サトシはうなずいて影崎を見据えた。

「興味本位で最初に人を殺したとき、完全に地獄道のチカラが覚醒しました。そのチカラを試すため二人目を殺りました。そう、サトシさんの恋人をですね」

……ですねだと、とサトシは拳を握りつぶやいた。青井はなだめるように、サトシの肩に手を置いた。

「ふふっ、一人目の殺人を行ったあと地獄の深くに生贄を捧げれば、この世や地獄のみならず、天道すらも支配できるほどの称号を手にすることができるということがわかったのです。生贄は地獄の奥深くに幽閉しています。無念な思いや未来を絶たれたという絶望感、生贄たちは無限に闇を生み出し、永久に闇のエネルギーを供給してくれるのです」

「わかったたって、誰かから聞いたの?」

アカネが影崎に訊いた。

「そういうイメージが闇のヴィジョンに浮かんだのですよ。そのヴィジョンは何でも教えてくれました。チカラの使い方、他人の闇と六道とのつなげ方、人の能力の引き出し方、選ばれし者だけができる秘密などを知りましたよ」

「……それで最終的には、六道を支配する者になろうとでもいうのか」

サトシが怒りや悲しみ、それまで積もりに積もった感情を内に秘め、そう問う。

「ええ、これからが仕上げ、となりましょう」

「それはいったいどういうことよ」

「今日、我が地獄の称号を手に入れる瞬間であり、そのための邪魔者、みなさんの命日でもあるということなのですよ」

そう言った影崎の声色が、心なしか低くなったような気がした。

「オンを消せるとでも思っているのか」

「あなた方がいれば我が六道を支配するという野望は叶わない。もっとも、あなたたちを倒してこそ、我が六道の王になるにふさわしい。お前たちも我が生贄として葬ってあげようというのだ。そのための布石も整った。まずは、地獄の称号をこの手に収めようぞ」

そう言うと影崎の体内から、突如、闇が噴き出してきた。

「とうとう本性を現したな。アカネ、クリスタル」

サトシが指示を出すと、アカネはすぐにクリスタルを取り出し渡した。影崎の額から一本の角が生えてきた。溢れ湧き出る闇が影崎の身体を囲むように漂っている。そのチカラは未知数だ。なにより、サトシはそれまで経験したことのないような威圧をビシビシと感じていた。

「重い、すごい重圧だ。サトシ君、ボクは万一のために準備をしているから。健闘を祈っているよ」

　青井は、サトシに耳打ちするように小さな声で言った。

「あぁ、祈られなくてもそのつもり。もとより、オレ一人で片づけるつもり！」

　サトシは、影崎を睨んだままそう言った。

「ダメよ、あまり無理しないで。ただでさえも連戦なのに……前の闘いよりも厳しいものになるに決まってる。身体が持たないわ」

「黙ってろ、これはオレが決着をつけなきゃならないんだ」

「いつまで過去を引きずっているの。恋人の仇が目の前にいるのはわかってる。けど所長が鬼になってどうするの、あなたが復讐の鬼になってどうするのよ！」

　サトシの勇姿を見てきた助手として、アカネはそう叱咤激励した。

「フー、わかってるさ。オレが対峙するのは、あくまでも影崎の心の闇。この先、閉ざされた牢の中で人生を終えるとしても人間としてヤツを生かすために闘う。心配しないで教授の手伝いをしてやってくれ。オレは、鬼にはならない！」

　サトシはそう言って一歩前に出た。

「アカネ君、行こう」

　青井がうながすと、アカネがうなずいて二人はその場から離れた。

「それじゃ、始めようか。オン・イダテイタ・モコテイタ・ソワカ、韋駄《いだ》の直刀」

サトシはクリスタルを放り投げ手を組み、そう唱えた。空中でクリスタルが光を放ち、真っ直ぐな細身の刀に姿を変えた。サトシは、その刀を左右に振り回し、手に馴染ませるように感触を確かめた。

「宇宙は暗黒在りき、内包するがごとく光は浮かぶのみ。我がチカラ思い知るがいい」

そう言った影崎の声は重く暗く低い声へと変わり、右手を横に突き出すと、オーラでもまとうかのように、どす黒い煙のようなモノがその右腕に巻きつき始めた。次第にその腕は、元の倍以上あるゴツゴツとした鬼の腕へと変化した。影崎は鬼化した腕をサトシに向けると、影崎の周囲を取り巻いていた煙状のモノが、鞭のようになりサトシを襲った。その攻撃が届く刹那、サトシは刀でそれを斬り捨てた。だが触手のような鞭が、二本、三本と数を増やし次々に攻撃を仕掛けてくる。サトシは、襲ってくる触手との距離を捉え、確実に攻撃をかわしている。サトシが斬り捨てた触手の先端は、床の上に落ち煙となって大気に溶け込んでいった。

しかし、斬っても斬っても影崎のもとからそれは伸びてくる。サトシは舞うように刀を振り回し、影崎の攻撃をかわしながら距離を詰めていった。

サトシが影崎に迫ったとき、急に地面から黒い霧状のモノが湧いて出てきた。そして、それが、まとわりつくようにサトシの周りを取り囲んでしまった。サトシは、黒い霧の中で警戒しながら、影崎がどう出るのかをうかがった。

――右からくるか、それとも左か。

すると、サトシの右側で黒霧が拳となり、サトシの右頬を殴った。次いで、左側からも殴られ、サトシは倒れ込んでしまった。いっつぅ、とため息のような声を発し、サトシは顔をなでながら立ち上がった。

「今度は前からくるのか、いや、後ろ？」

突如、前から拳が出現し、サトシは腹に正拳突きを喰らってしまった。直後、背中からも拳が突き刺さるようにヒットした。犬山との戦闘で受けたダメージもまだ残っており、黒霧に袋叩きにされたサトシは吐血した。

「くそっ、オレが考えていることに対し、裏をかいて攻撃してきやがる」

サトシは血のついた口を腕で拭った。

――どこだ、次はどこからくる。落ちつけ、必ず攻略法はあるはずだ。

サトシは、敵の様子をうかがった。右か、左か、はたまた下か。拳と化した黒霧は、右に左に、さらに下からアッパーでサトシを襲った。サトシは衝撃で後方に飛ばされてしまった。

「なんだ、なんなんだ、どういうことだ。落ちつけ、落ちつけ、考えろ……いや、考えちゃダメなのか。考えちゃダメということは、どうクリアする？」

サトシはその場で足を組み、目を閉じ瞑想を始めた。霧はピタッと攻撃の手を止めていた。霧の攻撃が止まったことに気がついたサトシは、ある考えに辿り着いた。

「なるほど、オレが考えるのをやめたから、オレの思考を実体化できず攻撃できないだけ、か。その理論が正しければ……右、右、右！」

一発目、座っているサトシは右頬を殴られた。痛みをこらえ立ち上がる。二発目、最初の攻撃でよろめいているサトシの右頬に、さらにクリーンヒットした。三発目、サトシはバシッと左手でその拳を受け止めた。

「見切ったぜ。これでゲームクリアだ」

サトシは無心になり、その霧の中から外へと歩み出てきた。

「所長……あの霧状の闇が邪魔ね。そうだわ」

アカネは、サトシのカバンの中からいつものアイテムを取り出した。

「闇魔を喰らう石よ、思う存分喰らうがいいわ、地獄のチカラを……人間道のもとでチカラを示せ。発動、輝煌せり魔餓玉っ！」

サトシの口調を真似て、アカネは魔餓玉を放り投げた。しかし、それを見ていた青井がアカネを止めようとした。

「アカネ君いけない、闇の質量が大きすぎる」

だが、青井がそう言ったときには、魔餓玉はもうアカネの手から離れていた。直後、魔餓玉が地獄の闇を吸収し始めた。しかし突然、その石は闇をわずかに吸収しただけでバンッと弾け、砕け散ってしまった。

「地獄のエネルギーの質が高圧すぎて、魔餓玉のキャパシティを超えてしまったんだ。

それに、魔餓玉が砕けたことによって、今まで退治してきた鬼のエネルギーが解放される。それを利用されたら実にマズいぞ」

　青井が深刻そうに言った。しかし、影崎はそれを見逃さなかった。

「ハハハハッ、この時を待っていた。人間の心に根づいていた上質な闇が解放された。地獄の王となる称号を示せ！」

「マジか、そこまで読み切れなかったぜ。これまで封印してきた人の心の闇、鬼のチカラが目当てだったたってわけか」

「ウソッ、アタシ余計なことしちゃった……」

「大丈夫、サトシ君のことを信じていればいいんだよ」

　青井は、サトシたちの様子を見据えながらそう言った。

　砕けた魔餓玉からは、影崎が操るモノより一段と暗く濃い闇が、頭上でバスケットボールほどの球体へと変化していた。影崎が右手を天井に浮かぶ暗黒塊に掲げると、それは一振りの刀のような形状へと変化した。片刃の刀身は手のひらくらいの幅があり黒く、刃が怪しく光を反射する。それが地獄の称号なのか、とサトシがつぶやくように言った。

　宙に浮いていた刀がゆっくりと降りてきて、掲げられていた影崎の右手に収まった。同時に、影崎の眼が爛々と真っ赤に染まった。

「元は人の心、鬼のチカラで実体化した黒刀。これは地獄で幽閉されている生贄の闇で操ることができるのだ。その名も妖刀〝宵の明星〟。これで我は地獄の王となった」

不敵な笑みを浮かべながら影崎、いや、地獄の王と名乗った者はそう言った。

「宵の明星、そんなモノのためにツクシは犠牲になったのか……。悔しいな、まったく悔しい」

サトシは怒りにもならない、なんともいえない感情、憤りを感じた。

「地獄の王としてのチカラでお前を葬り、六道を支配する絶対的な存在となってやるわ」

地獄の王は、妖刀をサトシに向けて構えた。

「そうはさせない。天がオレにチカラを与えてくれたのは、それを許さないため。本来、地獄なんて存在しなくてもよかったんだ。なぜなら、すべての人間が幸せになれれば、真理さえ求め生きていれば必ず天に行けるはずだから。地獄に行った人間も生前の行いを悔い改めることができれば、六道以上の解脱だって可能なんだ。つまり、遅かれ早かれ地獄は滅びる運命にあるはず。いや、オレはそう信じたい。人間の心をオレは信じる！　だからこそオレはお前を倒す、地獄の王なんて名乗らせない。お天道様の下で罪を償う人間として影崎、お前には生きてもらうぜ！」

サトシはそう決意したように言うと、直刀を影崎に対して構えた。

しばらく、二人は睨み合い構えたまま時間が経過したが、ほぼ同時に両者が飛び出した。サトシと影崎、二人が激しく刀身同士をぶつけた。カキィン、という音が大気中に広がって、刀身同士で、お互い相手を押し合った。そして、お互い後ろに飛び退いた。その光景を見守っていたアカネは、視線を青井に向けた。

「所長が有利になるようになんとかならないの？　アタシたちにもできることはないの？」

「ないことはないよ。でも準備してこなかったから……あっ、そうだ」

何かを思い出したように青井は、アカネに背を向けベルトを緩めた。そして不意にズボンを少しだけ下げ、自分の半ケツをアカネに突き出した。

「なに？　ちょっとなにやってるのよ、こんな時に。変態なの？」

「違う、早く」

「だから何？」

腰のやつだよ、と言った青井のそこに目をやると、皮膚と同色で小豆サイズの湿布のようなモノが二つ貼り付けてあった。

「あぁこれね。マグネットで治療するってやつ。剥がせってこと？」

そう、と青井が答えると、アカネはその磁気治療湿布に手を伸ばした。アカネが勢いよくそれを剥がすと、痛いっ、と青井が悲鳴を上げた。

「変態……じゃなかった、男の子でしょ我慢しなさい。所長は、もっと痛いの！」

アカネはそう言いながら、もう一つも勢いよく剥がし、青井に渡した。これで代用できるといいんだけど、と青井はテープからマグネットだけを外した。次にポケットからマジックペンを取り出し、床に何かを描き始めた。

「なにをしているの？　アタシにできることは？」

「マジックペンで魔法を起こす。レッツ、マジック！」

「こんな時にダジャレ、理解不能、やっぱり変態ね。アタシにできることはなさそうね」

　二人がそうしている間にもサトシと影崎の激しい攻防は続き、どちらからともなく攻撃を仕掛けるが、チカラは拮抗していた。

　攻撃が同時に防御となるように、幾回もつばぜり合いが繰り返された。体勢を立て直すかのように、また互いに距離をとる。

　二人は刀を構えたまま、互いの様子をうかがっていた。いつの間にか、サトシの刀は刃こぼれしていてボロボロになっていた。夢中で何度も激しい打ち合いをしたため、強度の差がそこに現れてしまったようだ。

　一方、影崎の宵の明星は不気味に鈍い光を反射し、刃こぼれ一つ見当たらない。宵の明星を見せつけるように影崎は歩み寄り、黒く光る刀をサトシに振り下ろした。サトシは、刀を横にし、頭上で掲げ防御した。しかし、影崎のチカラのほうが圧倒的で、力いっぱい振り下ろされた攻撃により顔面まで刃が迫った。

　だが次の瞬間、影崎は宵の明星を引き、刃を天井に向け振り上げた。すると、圧倒的なチカラにサトシの刀は宙に舞った。しまった、とサトシは逃げるように後ろに飛んだ。直後、膝を地面につき、刀の行方を目で追った。

　すると、宙に放り出された韋駄の直刀が、真ん中から折れてしまった。折れた刀身と柄は効力を失い、韋駄の直刀はクリスタルに戻ってしまい地面に転がった。

「ははは、チカラの差は歴然。どうする？　と言っても何もできまい。ここでおとなしく我がしもべとなるがいい。悪いようにはせんぞ」

「誰が鬼のしもべになんかなるか。オレは最後まで闘う、あきらめはしない」

　サトシが、立ち上がりながら言った。ならばここで死ね、と影崎がサトシに斬りつけようとした瞬間だった。

「サトシ君、準備は整った。早く、こっちに来るんだ」

　青井がそう叫んだ。影崎は攻撃をしてこない。

「か、体が、体が動かん」

　影崎は刀を振り上げたまま硬直、停止していた。どうやらアカネが影崎の動きを止めているようだ。

「早く所長っ、今のアタシのチカラじゃ、あまり……長くは持たないわ」

　アカネの声に、サトシは全力で二人のもとに駆けた。すまない、助かった、とサトシが到着すると、間もなくアカネのチカラが尽き、影崎の身体は解放された。

「悪あがきか、少々寿命が延びたにすぎん。生きるも死ぬもこの世は地獄。なれば、人間道が地獄と化しても不思議はあるまい。下手に救いがあるからこそ苦しみがあるのだ。そろそろ三人とも葬ってやろう、そして迷いからこの世を解放してやろう」

　そう言い終えると、影崎の額の角がひと回りほど大きくなった。そして、辺りを漂っていた闇が、影崎の身体に吸収されていくと、みるみるうちに鬼の姿へと変化していった。

　影崎、いや、もはや巨体と化した鬼が三人に向かってゆっくりと歩んできた。鋭くとがった額の角、ゴツゴツとしていて強固で漆黒の皮膚、眼は真紅一色。その手には、宵の明星と呼ばれる刀を携えている。

「影崎、いや影を作りだす鬼と書いてカゲサキ《影作鬼》と読む、って感じだな」

「影じゃなくて闇じゃない？」

「そうだな、闇だ。しっかし鬼に大刀ってか、金棒よりたちが悪いや。こっちは丸腰だってのに、これじゃまるで泣きっ面に蜂だぜ。アカネ、巻き込まれないように下がってろ」

　するとアカネはサトシの指示に素直に従い退いた。サトシ君、と青井から何やら耳打ちされたあと、サトシは武器も持たず無防備のまま敵を迎え撃とうとした。

「オレのことが邪魔なんだろ。じゃ、まずはオレからやるってのが筋ってもんだよな」

　サトシは、敵を挑発するように言い放った。カゲサキが宵の明星を振り下ろした瞬間、サトシは右に転がり攻撃を回避した。カゲサキは、標的を追って進路を変更させた。サトシは青井を気にしながら、さらに逃げ続ける。

　青井は何をしようとしているのか、タイミングを計るように事の成り行きを見守り立ち尽くしている。青井がうなずき、サトシに合図を送ると、それを確認したサトシが後退しようと飛んだ一瞬、カゲサキの蹴りがサトシの腹部にヒットした。サトシの身体は弾き飛ばされ、壁に激突してしまった。所長っ、とアカネはとっさにサトシのもとに駆け出していた。

「いかん。アカネ君、戻るんだ」

　それを見ていた青井がアカネに声をかけるが、アカネの耳には届いていないようだった。声に反応したカゲサキが振り返り、アカネに斬りかかった。

　とっさに、アカネは身を守ろうと両腕をクロスさせた。カゲサキが振るう刀、宵の明星との距離、数センチ。

　刹那、アカネの左手首につけていたブレスレットの水晶がすべて砕け散り、同時に宵の明星は弾かれ、カゲサキの身体がよろめいた。その瞬間、今だ、と青井が靴のつま先をトントンと床に打ち付けた。

　するとカゲサキが体勢を立て直した場所に、模様を描くように光の線が走っていった。カゲサキを囲うように正三角形が描かれていく。

　三角形の内に文字が浮かび上がり、さらにその中に円が描かれていった。それは結界だった。

カゲサキは結界の中で身動きが取れないようで、もがくように抵抗していた。青井はそれが成功したのを見届けると、サトシのもとに駆け寄った。そこに、アカネもやってきた。

「魔三角陣《まさんかくじん》、西洋の結界術にカゲサキを閉じ込めた。サトシ君大丈夫かい、アカネ君も」

「アタシは大丈夫。でもブレスレットが弾けて、パワーストーンが全部バラバラになっちゃったけどね」

「っつぅぅ、まだ敵を倒したわけじゃない。教授、クリスタルをどうにか修復することはできませんか？」

「一度壊れたら無理だよ。でも対抗手段があるとすれば一つ。遠い昔の文献によれば、敵が握っている妖刀〝宵の明星〟には対となる一振りが存在するはずなんだ」

「そうなの？　それを早く言ってよ。焦らしてたの？」

「焦らしてたわけじゃないんだけどね……宵の明星は、まさに地獄を象徴する妖刀。だから、カゲサキはその刀を地獄の称号と呼んでいた。それほど強大なチカラがあり、使いこなせるのは地獄道とつながって、そのチカラをコントロールできる者のみ。対して、天にも宝剣として強大なチカラを有した剣があるらしい。その名は〝明けの明星〟。これは、天とつながり、そのチカラをコントロールできる者が使いこなせる剣、と言われている。酒呑童子《しゅてんどうじ》退治で有名な源頼光も探し求めたとか。実際に入手はできなかったようだけどね」

「明けの明星……どうすれば手に入るんですか？」

　急かすようにサトシは、青井に訊いた。

「そのための魔円陣を用意しておいた。けど本来は、強力な磁気を帯びた鉱石が必要なんだ。今回は磁気湿布のマグネット、ボクの腰と肩に貼ってあったやつ四つを利用してみた。即席だからどこまでチカラを発揮できるか……ボクの研究が正しければ召喚できるはず」

　そう言った青井の視線の先には、二重の円とその間に古代の文字が記されている魔円陣が用意されていた。文字の間を埋めるようにマグネットが四つ配置されている。

「で、どうやって召喚するの？」

　アカネが素朴な疑問を口にした。

「結局、天道とつながるんだから理論上はクリスタルを媒介に……」

「青井教授、クリスタルは壊れてますけど、どうしましょ？」

「アカネ、そんなこと言っていてもしかたない。すぐ回収してきてくれ」

　了解、とアカネは急ぎ折れたクリスタルを回収しに走った。魔三角陣に閉じ込められているカゲサキの動きが、心なしか大きくなってきた。

「クリスタルはセットした。サトシ君、魔円陣に向かって梵天《ぼんてん》のマントラを唱えるんだ」

「梵天？　なるほど、天地創造を司る天部ですね。よ、よし――」

オン・ハラジャ・ハタエイ・ソワカ、と梵天印とともにサトシがマントラを唱えた。するると、壊れたクリスタルが宙に浮き発光すると、魔円陣の中に光が充満した。

「失敗？　いや、そんなはずはない。理論上は……んー、どういうことだろう？」

「ねぇ青井教授、魔三角陣の中の鬼が結界をガンガン叩いていますけど」

アカネがカゲサキのほうを指さして言った。

「あぁ、もうすぐ魔三角陣の効力が切れて……」

「襲ってくる……わね。絶体絶命ってやつね」

アカネが、サトシの言葉の続きを言った。その直後、魔三角陣の効力が切れ、カゲサキが解放された。

「青井教授、明けの明星は？」

アカネが訊いた背後で、カゲサキは首を回して自由になった身体の感触を確かめている。大刀まで振り回し始めた。

「カゲサキは魔餓玉から解放された闇を宵の明星に変化させた……そうか！」

サトシは、なにかをひらめいたように輝煌する魔円陣に手を伸ばした。

「ダメだサトシ君、魔円陣の中は高圧縮された天道のエネルギーで満ちているはず。生身では、そのパワーに耐えられないよ。それに、クリスタルは壊れていたんだ、魔円陣の中で明けの明星が召喚されているかどうかわからない」

「だから、それを確かめるんだ。いずれにしても、これに賭けるしか方法はない」

サトシはそう言って、勢いよく魔円陣に右腕を突っ込んだ。ウギャァーー、と悲鳴を上げサトシは右腕を魔円陣の中に入れたまま、その場に膝をついた。その身体は、魔円陣の中の光と同じ輝きを放っている。

「高圧のエネルギーがサトシ君の体内を流れ続けていて、腕を抜くことができないんだ。つまり、感電したような状況」

「どうしたらいいの、このままじゃ所長が……」

「うーん、なにかエネルギーを逃がせるようなモノ、たとえば電気質のモノがあればエネルギーを解放してサトシ君を助けることができるかもしれないんだけど」

その言葉を聞いて、アカネは周囲を見回し、突然カゲサキに向かって駆け出した。アカネ君!!　と青井が叫んだが、アカネは止まらない。カゲサキはアカネを迎え撃とうと、大刀を振り上げた。しかし、そんなことはお構いなしに、アカネはカゲサキの足下に飛び込んだ。

間一髪、刀の刃は床に突き刺さり、アカネは大刀をかわした。アカネは目的のモノ、それまでブレスレットの一部であったパワーストーン・ブラックトルマリンをその手に拾い上げ、前転してカゲサキの後方に回り込み、瞬時に体勢を立て直した。

カゲサキは、刀を床から引き抜くと、アカネの姿を捉えようと振り返った。しかし、もうアカネは魔円陣を目がけて走り出していた。カゲサキもそれを追いかけた。

アカネが右手を伸ばし、サトシに触れた瞬間――。

キャァァーー、悲鳴と同時にアカネの身体が輝きを発した。そして、その左手から大気中に魔円陣内の光が放出された。

「なんて無茶を……でも天道のエネルギーが解放されている」

そう言った青井の後ろで、カゲサキは光に圧倒され、そこに近づけないでいるようだった。カゲサキが操る闇と、魔円陣から解放された光で空間が二分されている。

「へへっ、身体がしびれて痛ぇや。おかげで細胞が活性化された気分だぜ。大丈夫か、アカネ」

「ええ大丈夫、生きてた。生きるって大変ね。でも成功してよかったわ」

そう言いながらアカネが向けている視線の先、床の魔円陣が描かれていた跡は黒く焦げ白煙を上げている。その上では、サトシが一振りの剣を握っていた。

「サトシ君、ボクも初めて見るからアレだけど、それが〝明けの明星〟だろうと思う」

「これだけの思いして違ったら泣いちゃうぜ。ピリピリしてやがる、とんだじゃじゃ馬だ。この明けの明星ってやつは」

その剣の刀身は、指二本ぐらいの幅で両刃、銀色の刃がキラリと光を発していた。

サトシが、その手に馴染ませるように剣を振ると、ブフォブフォッと大気を斬った。

「クリスタルが壊れてたけど、カゲサキに対抗できる完全な状態なのよね?」

「完全か不完全かと言われれば、半々ってとこかな。波動が膨張して悪影響を及ぼさないといいけど。サトシ君、何か変化があったら細かく教えてほしい」

「ええ、わかりました。さ、二人とも無駄口を叩いている暇があったら離れていてくれないか。今のオレには二人を庇いながら闘う余裕はないぞ」

何か言いたげなアカネを制し、青井は無言で首を横に振った。足手まといになると悟ったアカネは、青井とともにその場を離れた。

「明けの明星、おもしろい。我の宵の明星とチカラ比べをしようというのか」

カゲサキは、黒い刀身をした宵の明星をサトシに向け構えた。

「ちょっと待たせたか？　さぁ、改めて始めようじゃないか」

負けじと、サトシも明けの明星の切っ先をカゲサキに向けた。しばらくその体勢で二人は睨み合い、互いにタイミングを計り合っていた。

意を決し、サトシがカゲサキの懐に斬りかかった。サトシが動き出すのとほぼ同時、カゲサキも威風堂々とサトシを迎え撃った。

二つの強大なチカラを持った刀剣がぶつかり合い、それぞれ別の世界の存在同士が触れ合った瞬間、明けの明星からは光が噴き出し、宵の明星からは闇が溢れた。

鬼の姿のカゲサキが光の空間に入ると、容姿を形成している闇が剥がれるように煙状になって光に消化されていく。逆に、サトシが闇の空間に入ると、重圧のようなモノで身体能力が鈍る。刀剣同士が再度ぶつかると、そこを中心に風紋が広がった。強風は、青井とアカネのもとを通過していった。

「すごい、対極のエネルギー同士の威力。凄まじいチカラね」

アカネが風圧に耐えながらそう言った。

「地獄の妖刀と天の宝剣。まだまだその能力は未知数。これは、いい研究対象になる。あとは、どれだけサトシ君が宝剣を使いこなせるかだ」

激突する二人、またも風圧がアカネと青井を襲った。

「とにかく、所長を応援するしかないわ。いや、所長ならやるわよ、やってくれるわよ。だてにオカルトオタクなわけじゃないわ―」

アカネが言うと、青井がうなずいて応えた。サトシが剣を構え、肩を揺らし息を切らせていた。すると突如サトシの身体に激痛が走り、膝をついてしまった。

「機嫌が悪いな、このじゃじゃ馬な剣は……魔円陣に手を入れたときと同じような衝撃だ」

その光景に、青井は一つの結論を導き出し叫んだ。

「サトシ君、やっぱり剣自体のエネルギーコントロールが不完全な状態で召喚されたんだ。つまり、さっきみたいに定期的にエネルギーを放出しなくちゃならない」

「ってことは、この状況だったらトルマリンが必要じゃない。アタシが――」

「ダメだアカネ君、サトシ君の邪魔になる。どうにか散らばったトルマリンが転がっている位置を教えてあげることができれば……」

「アタシがやる。チカラのコントロールの練習中に遠隔透視だって修得したんだから。偶然だけど」

そんなやり取りを二人がしていると、サトシが左拳を横に突き出し立ち上がった。

「一つ見つけた。助手、残り探しといてくれ！」

サトシの左拳から闇の空間に光が解放された。体勢を立て直し、サトシが再度カゲサキに斬りかかった。刀身同士がカキィンと音を立てた。そのたび風紋が起こる。刀同士で押し合い、同時に体を寄せ睨み合う。

互いに全身のチカラで押し合ったあと、同時に後ろに飛び、サトシとカゲサキの間に距離ができた。

また、二人は刀を構えると、様子をうかがったまま少々の時間が流れた。

「あった。所長、そこから二時の方向に一つ」

アカネの声を聞き、サトシはそこに向かって走り出した。だが、カゲサキがサトシの真正面に立ちはだかった。

チカラが暴走し始めているのを感じながら、サトシは剣を振りかざし強行突破を試みた。剣を横に振ると、カゲサキはそれを一歩引いてかわした。次いで、サトシはカゲサキに迫りながら手首を返し下から剣を振り上げた。カゲサキは、さらに一歩身を引いた。

もう一押しとカゲサキの腹部に突きを放ったが、カゲサキは刀を地面に垂直に立て、明けの明星の刀身に這わせた。前にスライドする形になってサトシはカゲサキと接近し、前のめりになっている体勢のサトシのうなじをカゲサキはつかんだ。カゲサキの巨体を挟んで反対側にトルマリンが転がっている。

「先生っ、あそこに一個！」

アカネが指さした先、闇のフィールドに同化するような黒いトルマリンの光沢のある容姿が、かろうじて浮かび上がっている。

ヨシ、と意を決して青井は闇の中に足を踏み入れた。しかし、その瞬間、その身にかかる重圧に青井の足どりが鈍くなった。それに気づいたカゲサキは、あり余るチカラを込め青井に狙いをつけてサトシを投げ飛ばした。サトシと青井がぶつかり、二人はそこに倒れ込んでしまった。

トルマリンまで数センチということに青井が気づいたとき、突然サトシが悲鳴を上げた。青井は這いつくばって、トルマリンに手を伸ばした。

「サトシ君、ボクの足をつかむんだ」

薄れゆく意識で、サトシはその指示に従った。サトシの手の感触を認識した直後、青井はトルマリンの上に手を乗せた。

すると、青井の身体を通じて天のエネルギーが解放された。だが、青井はとんでもないショックを受け、ギャーと叫んだ。

やがて、光が闇に吸収されるように消失していった。

「ありがとうございます教授、助かりました」

「ハァハァ、こりゃ低周波治療器より効きそうだ……頭脳派のボクが役に立てて光栄だよ。ところで、ボクの見解を少し聞いてくれないかい？」

　ええ、とサトシは息を切らしながら答えた。

「今、このフィールドで天のエネルギーを放出したとき、重圧から少し解放された気がした。そして、見てごらん、光のフィールドにいるカゲサキ、ちょっと小さくなっている気がしないかい？　つまり、チカラが相殺されてるってことじゃないかな」

「そうか！　さすが、解決策が見えてきました。ちょっと試してみたいことがあります」

　サトシはそう言ったあと、青井に何かを耳打ちした。わかった、と痛みをこらえ青井は急ぎアカネのもとに戻った。サトシは立ち上がり、カゲサキに向かって歩み始めた。

「体も慣れてきたし準備運動は終わり、昼間っから見る悪い夢も終わらせようぜ」

「強がりを。お前の肉体は限界をとうに超えているはず、我の闇で地獄に送ってやろう」

「冗談じゃない、地獄の闇を見るのは死んでからでいい。あいにく、今日のスケジュールに死という予定はないんでね、今後もそういう予定を入れるつもりはないけどな」

「ほざけ、宵の明星の錆になることを誇りに思うのだ」

「あらら、そんな不名誉なことは願い下げだ。おや、光の中に長くいたせいかな、身体が少し小さくなった？　無理してんじゃないの。あ、やせ我慢だろ」

「地獄の闇、我のチカラは無限だっ」

カゲサキが気合いを入れるように言うと、闇が溢れ肉体がひと回り大きくなった。

「で、ずっと守るようにトルマリンに張り付いているけど、なにか理由でも？」

そう言いながら、サトシは光のフィールドに足を踏み入れていた。

すると、急に青井とアカネがうなずき合い、別れるように走り出した。理由などないわっ、とカゲサキは刀を振りかざしサトシに襲いかかった。上等、とサトシも迎え撃つ。クロスするように両明星が攻防する。

「気づかぬか、我がこのフィールドに居ることによって、光度が落ちていることを」

カゲサキが刀を押し付けそう言った。うすうす気づいてたさ、とサトシが剣にチカラを込め押し返す。

両者一度引き、また刀剣を打ちつけ合うと、そのつど風紋が辺りに広がっていった。するとサトシくーん、と急に青井に呼ばれた。

「元野球部万年補欠の底力を見せてあげよう。サトシくーん、受けとってくれっ」

サトシの右側、ステージの下で青井が何かを投げた。ナイスピッチング、とサトシは投球されたトルマリンをキャッチした。

すると、サトシの手の中でトルマリンが塵と化し、辺りの明度が増していった。カゲサキを覆っていた闇の体表が剥がれ、闇が煙状になり、やがて光の中に溶け込んでいった。

それを見逃さずサトシが、間髪入れずカゲサキに斬りかかった。カゲサキは一歩下がり剣先をかわし、サトシの右肩に刃を振り下ろした。すかさず、サトシは明けの明星を左下から、おもいっきり斜めに振り上げる。力負けした宵の明星は弾かれ、カゲサキもそれにつられてバランスを崩した。

その間にサトシは体勢を立て直した。カゲサキは、数歩後ろに足を運ぶことによって、転倒はまぬがれていたようだ。そして二人は同時に、刀剣を構え直し対峙した。

カゲサキの背後、その奥でアカネが足を止めた。サトシは視線をカゲサキとアカネ、交互に移し替えて見ていた。サトシの視線を感じ、アカネはそれを拾い上げた。そしてサトシとアイコンタクトだけして、無言でそれを投げ放った。ビー玉よりも小さいブラックトルマリンが放物線を描き、引き寄せられた先――カゲサキが左手のひらを後ろに向け、それを受け止めた。

ウソッ、とアカネが驚き、動揺した。

「残念だったな。こいつは預かっておくぞ。お前が地獄に行くまでな」

「いいや、想定内さ。今まで何を見てたんだ？」

サトシはそう言って、明けの明星をゆっくりと振り下ろした。当然のごとく、カゲサキは宵の明星で防御した。

しかし、次第にカゲサキの身体が発光し始め、不意に左腕が吹き飛んでしまった。なにっ、と言った影崎自身の生身の腕が露出していた。

「おう、予想以上の威力。行き過ぎたチカラは災いを招く、ってか」

たじろいでいるカゲサキをよそに、サトシはそう言いながらも次の行動に移った。カゲサキの後ろに回り込み、最後のトルマリンを拾おうとした。だが、カゲサキが振り向き、ウォオォーーと叫びながら刀をむやみやたらと振り回し始めた。それを対応している最中に、サトシはトルマリンを軽く蹴とばした。

「くそっ、理性もいっちまったか。まったく忙しいなぁ」

サトシはカゲサキの攻撃をさばきながら、転がったトルマリンを追いかけた。そして、サトシは急に仁王立ちで剣を構えた。

明けの明星のエネルギーが絶頂を迎えた。足下には、トルマリンが落ちている。だが、サトシは剣の暴走するエネルギーに耐え、カゲサキを引きつけた。

「影崎、寿命が尽きるまで生きろ。それが罰だ、閻魔《えんま》に代わってオレが言い渡す刑だ」

サトシは、スッと膝を折ってしゃがみ込み、トルマリンを左手でつかみ取った。そして、引きつけた鬼、カゲサキの腹部にその左拳を突きつけた。

サトシに限界まで抑え込まれたエネルギーが、ブラックトルマリンを通じてカゲサキの体内に注ぎ込まれた。

グガァァーー、と鬼は雄叫びを上げ、身体の闇は剥がされていき、内部から黒い稲妻のようなモノが絶えず放電した。サトシがカゲサキの放つ放電の衝撃に耐えていると、左手の中のトルマリンが消滅した。

「まだ足りねぇのか。なら、オレのチカラすべてかけてやるぜ！　ウォォーー」

サトシは、さらに自らの霊力を高め体力・精神力の限りチカラを流し込んだ。

カゲサキの身体が徐々に元の人間の姿に戻っていき、右手に握られていた宵の明星を床に落とした。その時、角が影崎の額から剥がれ落ち、地面に接する前に塵となり大気中に舞った。

光のフィールドは、鬼から放出された闇のせいなのか、光度を落とすと、やがて元の体育館へと戻っていった。

気を失った影崎がその場に倒れ、サトシも崩れるようにうつ伏せに横たわった。

「まだ、向こうに闇のフィールドが残っているわ。先生、あれは無害なの？」

アカネは、合流した青井にそう訊いた。

「完全に取り除かないとマズイだろうね。それよりもサトシ君のことを……」

青井とアカネがサトシのもとに向かおうとした瞬間、宵の明星が突如発火し、建物が炎で覆われていった。炎により青井とアカネ、サトシと影崎とに分断されてしまった。

急に、炎の中に飛び込もうとしたアカネの腕を青井がつかみ制止させた。

「アカネ君ダメだ、避難しよう。ここにいたら危険だよ」

「でも、所長を置いていけないわ」

「アカネ、早く逃げろっ、こっちはこっちでうまくやるって」

「サトシ君ならなんとかするさ、信じよう」

青井はアカネの腕をひっぱり、炎の状況を見ながら壁伝いに歩き始めた。放してっ、とアカネは青井の拘束を振り切った。アカネ君っ！　青井がアカネに怒鳴った。

「あの世で再会なんて望んでないんだからね……」

アカネは炎の壁に向かって叫んだ。が、返答はない。煙が濃くなり、さすがに身の危険を感じたアカネは、しぶしぶ青井と立ち去った。


「バカやろう、縁起でもねぇぜ」

そうつぶやいたサトシとともに横たわる、明けの明星が天のエネルギーを暴走させ始めた。

「こいつは、まだチカラがあり余ってるのか……モノは試しだ」

そうつぶやき起き上がったサトシは、闇のフィールドに天の宝剣を運んだ。剣の内部で抑えきれなくなったエネルギーが火花を散らし、明けの明星も発火した。その反動で天のエネルギーが溢れだし、闇は完全に払拭されたのであった。

だが、サトシは火炎の渦に囲まれてしまった。やっとの思いで影崎を背負い、煙に視界を奪われながらもサトシは出口を探し始めた。


先を行く青井の背中にアカネが続いた。だが、突然アカネの前に炎の壁が立ちふさがった。アカネ君っ、と青井が呼んだ。さらに、ボンッと、アカネの目の前で立ちふさがっていた炎の壁が爆発を起こした。

「大丈夫よ、アタシはほかに出口を探してみるから、絶対に生きて帰るわよ。だから先生、ここで別れましょ」

「わかった……アカネ君、絶対生きてここを出るんだよ」

炎の向こうの青井の声がそう言うと、その直後、青井の気配が消えた。絶体絶命な状況、アカネは炎の壁をキョロキョロと見回すことしかできなかった。

出られそうなところを探していると、炎の向こうに人影が見えたような気がした。

「誰？　青井教授？　逃げてって言ったじゃない」

アカネは、その人影に向かって話しかけた。だが、返事はなかった。所長……なの？　とアカネは再度そう問いかけた。

やっぱり、返事がない。

アカネがその人影を見つめていると、どうやらそれは炎の向こうにいるのではなく、炎の中に立ち尽くしているように見えた。

「変ね、こんな状況でアタシ、幻想を見ているのかな、それともあの世に誘うお迎えでも来たの？　いいわ、一度は死のうと考えたんだから、今さらよね。でも、死が間近に迫っていると……不思議……死にたく……ない、よぉ」

その目に涙を浮かべ、震える声でアカネは、弱音を口にした。やがて、炎の中の人影が手招きをしているように見えた。

「あぁ、やっぱり、お迎えの人なのね」

また、つぶやくように言った。人影は手招きをしながら歩いているように見えた。その影は近づいてくるように、だんだんそのシルエットを大きくしていった。

そして、人影から音というよりも声らしきものが聴こえてきた。アカネは耳を澄ませ、その声を聴きとろうとした。

「……カネ、ア……ネ、アカ……、アカネ、こっちにおいで」

お父さん……、とアカネは涙をこぼした。頭の中にうっすらと残る、聴いたことのある懐かしい声。シルエットは、アカネを誘うように手を伸ばした。

「ありがとう、お父さん、助けに来てくれたのね」

アカネが涙声で言うと、首を縦に振るように見えた。

アカネは炎の壁に手を伸ばすと、しっかりとした手の感触があり、熱さも恐怖もなくその手に引かれるまま歩き続けた。

　どこかで、パン、パンパンと何かが弾ける音がした。

　えらい状況になっちまったな、と気を失った影崎を負ぶりながら、サトシはつぶやいた。

　サトシは辺りを見回し、脱出経路を探した。すると、炎の中に人影を見つけた。アカネか？　とサトシが問いかけると、その人影が炎の中から浮き出してきた。

「ツ、ツクシか？　どうしてここに？」

「バカサトシ、ボロボロじゃない」

「えぇっ、ツクシ？　どうしてここに？」

「決まってるじゃない。サトシを助けるためよ。そんなことより、私のために闘ってくれたの？」

「さぁ、どうだったかな。今となっては、どうかわからない。そりゃ、最初はそうだったかもしれないけど、正義感か使命感か……ま、どちらにしても、やるべきことをやった。それだけって感じかな」

「で、その人をどうするつもり？」

「しかるべき専門家に任せるさ。あと、こいつの人生は、お天道様つまり観音様にでも見守ってもらうことにするかな。地獄のエネルギーを操ったんだ、閻魔様のところに行っても手を焼くだろうからな」

「そう、安心した。サトシらしいね。私のため、って全力で言ったらサトシに取り憑いてやろうと思ってた」

「なにっ、それはやめろ！」

「バカ、サトシのバーカ。じゃあ、私の頼み聞いてくれる？」

「ん？　あ、あぁ、何だ？」

「幸せになってね。私の分も幸せになって。そう約束してくれないと成仏してやんないんだからね。ずっと呪ってやるんだから」

ツクシは声を震わせ、涙を流した。

「それも悪くないかもな」

「バカ、女心わかってない」

「冗談、ツクシが恨むくらい幸せになってやらぁ」

「やっぱりバカ。でもありがとう……もう時間みたい。出口まで案内してあげる」

どこかでパンパン、パンと何かが弾ける音がした。

最後のデートね、とツクシが手を伸ばした。サトシは首を縦に振り、ツクシと手をつないだ。

突然、影崎を背負ったサトシとアカネが、手をつないで煙の中から飛び出してきた。サトシは影崎を降ろし、息を切らせて地面に横になった。アカネの意識は朦朧としていて、その場に座り込んでしまった。

「サトシ君、大丈夫かい。アカネ君、しっかりするんだ」

「アカネ？　手をつないでいたのはアカネだったか……。まぁいい、青井教授、アカネを頼みます」

近くで、救急隊すぐこっちへ、と山谷が叫んでいる。廃墟とはいえ大惨事、元スポーツセンターは全焼した。応援のパトカー五台と山谷が到着したときには、もう建物から出火していたのだった。

サトシたち四人が脱出してくる頃には、消防車四台が消火活動に尽力していた。救急車も二台手配されており、一台に影崎が乗せられ、病院に向かってサイレンを鳴らし走り出した。もう一台には、意識が朦朧としているアカネが乗せられ、付き添いも兼ねて青井も病院へ行くことになった。

あとの処理は任せとけ、と山谷はサトシにその声だけをかけた。

サトシの身体はボロボロだったが、病院に行くことを拒否し、応急処置だけが施され、パトカーでサトシの事務所まで送られることとなった。

一連の長い二日間、サトシの仕事は終わった。

エピローグ

　影崎の事件から十年の月日が経ち、以来、鬼退治の仕事はめっきりと減ってしまった。だが、社会にはびこる……いや、人間の心にこびりつく闇は相変わらず鬼を作り出す。いつの時代もそれは無くならないのだろうか。だとしたら、また影崎のように地獄道の深淵とつながる者が出てくるだろう。

　サトシも、もうアラフォーと呼ばれる年代に入っていた。だが、まだ独り身である。ちなみに、その後、アカネがサトシのもとを訪れることはなかった。

　アカネは停学期間の残りの時間を家で過ごし、そのまま学校生活に戻ったと思われる。しかし、山谷は頻繁にサトシのもとを訪れた。普通の案件でも協力を頼んでくる始末である。そして今日も、カランコロンカラン、と事務所の扉を開け、

「サトシっ、いるか」

　と、山谷が、相変わらずの口調で入ってきた。

「いるよ、とっつぁん。なんだ、また事件か？」

　サトシは、オカルト雑誌に目を向けたまま言った。

「いや、今日はな、人を紹介したいと思ってな」

「へぇ、でもお見合いならゴメンだぜ」

「違う。さぁ、入っていいぞ」

山谷はそう言い、紹介したいという人物を招き入れた。サトシは、雑誌から入口に視線を向けた。そこには、パンツスーツで身を固めた女性が立っていた。

「えっと、初めまして。刑事さん？　とっつぁんの部下か？」

「まぁ、部下っちゃ部下だが、初めてじゃないはずだぞ。な」

山谷は、その女性に向かって言った。

「どういうことだ？」

「お久しぶりです、天平サトシさん……じゃなかった、所長！　この事務所も変わらないわね、懐かしいわ」

馴れ馴れしく、その女性は言った。はぁ、とサトシは間を置き、脳内の記憶をつかさどる海馬に電流を送り刺激した。

「えぇっ、まさか、アカネ？　頬月アカネか？」

「そうよ。アタシ、頬月アカネです。本日付けで、山谷刑事率いるX課に配属になりました。以後、よろしくお願いします」

アカネはビシッと敬礼して言った。

「おいおい、よろしくお願いします、ってマジかよ。へぇー、警察官になって、とっつぁんの部下ってか。いやぁ、わからないものだなぁ、世の中」

サトシが腕を組み、そう言って感慨に浸った。

「あぁ、将来の俺公認の後任だ」

「おやじギャグかよ。まぁ、なんにしても……そうか」

サトシの頭の中は、まだ整理がついていない様子だった。すると机の上に、ブラウニーがひょっこり顔を出した。

「あら、ブラウニーじゃない。よかった、生きていたのね。あの時、爆発したから……」

アカネが懐かしそうに、ブラウニーに駆け寄った。

「そうか、あのあと別れたっきりだったもんな。ま、こいつはエネルギー体だから爆発しようとあんまり関係ないんだけどな。こっちが望めばそういう形になる。ただそれだけ」

「今は、恐れの婆も鬼退治含めイタコの仕事を引退しちゃったからなぁ。だけど、高居戸を弟子にして知識やら術を伝授して育て、その高居戸も恐れの婆のもとを離れ、神社の神職に就いて頑張っているらしいしな。時間の経過は早いなぁ」

「とっつぁん、年寄り臭いんだよ。ま、高居戸は、一時期オレが面倒見ていたんだけど……。で、恐れの婆が引退して、北エリアのエージェントはどうするんだ？」

「もちろん、高居戸にエージェントになってもらおうと思っている。近いうち頼みに行く予定だ」

なるほどね、とサトシは山谷に対してうなずいた。

「青井教授はどうしてるの？」

　アカネが訊いた。

「相変わらず、俺たちにしか役に立たないような道具やら、研究やらをやってるよ。もちろん、表の顔は数学者、大学教授なんだがな」

　山谷がそう語った。

「まぁ、あの人も変わり者だからな。変わり者だからこそ、変わらないっつうか」

　サトシがそう言うと、アカネが続けた。

「誰かさんみたいね、変わり者だからこそ変われないって感じ」

　それは誰のことを言ってるのかな、と唇を動かさずにサトシは言った。すると、アカネがどこか急にあさっての方向に視線をやった。

「山谷刑事、電話よ。なにか事件らしいわ」

　突然アカネがそう言うと、山谷のポケットからメロディが流れ出した。おっ、という顔つきになりながらも山谷は、すぐ電話を取った。

　しばらくして電話を切るなり、鬼だ、頼めるか、と訊いた山谷に、ホシは？　とサトシが訊き返した。

「重要指名手配犯だ。懸賞金が二百万」

「今月ピンチなんだよな……」

「わかったわ、アタシが晩御飯おごるわよ、ポケットマネーでね。事件の処理が終わったら昔話がてら、みんなで居酒屋でも行きましょ」

「そうか、二十代も後半戦に突入、お酒も飲めるお年頃なんだもんなぁ。よし、乗った」

「なんか、その言い方、カチンとくるんですけど。まぁいいわ、急ぎましょう。それで、場所は？」

例の倉庫だ、と山谷がアカネの質問に答えた。

「アカネが、ここに来て最初に鬼とご対面をした、あの倉庫か」

「なんか懐かしいわね」

「思い出に浸るのはあとあと。さっさと行くぞ」

山谷が、そう二人をうながした。

「よしっ、アカネにウマいもの食わせてもらうぞ。何がいいかな？」

「飲み放題のチェーン店よ。欲は出さない！　鬼になっちゃうわよ」

そりゃマズイ、とサトシは準備を整えた。そして、三人は現場に急行した。


人がいるから闇が生まれるのか、闇があるから鬼が生み出されるのか……。ただ一つ言えること、すべては輪廻のスパイラルの中にあるのである。そう、夜の次には朝が来て、また夜へと巡るように。

しかし、闇を照らす光が人間のココロであると信じて、サトシたちは今日も渡る世間で鬼退治に励むのであった。

了

著者プロフィール
KasiKUra 晃司（かしくら こうじ）
1986年生まれ
北海道出身、在住
著書『パンドラズボックスと玉手匣。』シリーズ（kindle 版）

渡る世間で鬼退治

2019年6月15日　初版第1刷発行

著　者　KasiKUra 晃司
発行者　瓜谷 綱延
発行所　株式会社文芸社
〒160-0022　東京都新宿区新宿1－10－1
電話　03-5369-3060（代表）
03-5369-2299（販売）

印刷所　株式会社暁印刷

ISBN978-4-286-20346-1